Carsten Feddersen

Frische Fährte

Für Oma Schönhorst,
unsere Eltern und Schwiegereltern
als kleiner Dank für all die
Hilfe und Unterstützung

Carsten und Susanne Feddersen

Carsten Feddersen

Frische Fährte

Jagdgeschichten

rosenheimer

2.Auflage

Sonderausgabe 2007 für Reader's Digest:
Verlag Das Beste GmbH Stuttgart, Zürich, Wien

Titelbild: Bernd Römmelt, München
Bearbeitung, Lektorat und Satz: VerlagsService Dr. Helmut
Neuberger und Karl Schaumann GmbH, Heimstetten
Druck und Bindung: CPI Moravia Books, Pohořelice
Printed in Czech Republic

ISBN 978-3-475-53912-1

Inhalt

Vorwort

Viele Bücher wurden bereits geschrieben, viele Seiten bedruckt mit Feststellungen, Analysen, Behauptungen und Unterstellungen über den Fall der Mauer, der Wiedervereinigung und das so genannte »Ossi-Wessi-Syndrom«. Von Sabotageakten, Ablehnung, gar tätlichen Auseinandersetzungen spricht die eine Seite; von Arroganz, Übervorteilung sowie Landraub die andere.

Dieses Buch ist nur ein Jagdbuch und doch ein bisschen mehr. Fünf spannende, ereignisreiche Jahre durfte ich mit meiner Familie in Vorpommern verbringen und erleben. Über diese fünf Jahre will ich berichten, Jahre, in denen ich neben der Jagd beruflich und privat viele neue Freunde kennen und schätzen gelernt habe. Gleichzeitig möchte ich mit diesem Buch meine Achtung und meinen Respekt zum Ausdruck bringen. Denn trotz der teilweise dramatischen Veränderungen der bisherigen Lebensumstände wurde uns überall, sei es im Beruf oder in der Nachbarschaft, Offenheit, Herzlichkeit und tiefe Gastfreundschaft entgegengebracht.

Ich kann und will an dieser Stelle nicht über die psychologischen Hintergründe mutmaßen, die vielerorts zu einer scheinbar unüberbrückbaren Spaltung zwischen den beiden deutschen Staaten führte. Doch bin ich mir sicher, dass ein wenig mehr Verständnis, Toleranz und gegenseitige Hilfsbereitschaft hüben wie drüben diesem aus meiner Sicht unerträglichen Zustand schnell ein Ende bereiten würde.

In dem Western »Der Texaner« treffen sich Clint Eastwood und der Häuptling eines Apachenstammes zum unausweichlichen Duell um die Nutzung des begehrten Weidelandes. Vor der tödlichen Auseinandersetzung kommt es zu einem Dialog, den der Häuptling sinngemäß mit folgendem Satz beendet: »Staaten reden nicht miteinander, das muss von den Menschen kommen.«

Damit ist die friedliche Koexistenz besiegelt.

Ich sage: »Vielen Dank, Vorpommern, für fünf wundervolle Jahre.«

Ihr Carsten Feddersen
Im Juli 2005

Wo bitteschön liegt denn Vorpommern?

Mir ist durchaus bewusst, dass diese zugegebenermaßen provokative Frage so manchem einen Laut des Unmutes entlocken wird. Doch, ich muss es zu meiner Schande gestehen, waren auch mir eine lange Zeit Orte und Landschaften in Italien, Spanien oder gar Australien eher ein Begriff als Vorpommern mit Städtenamen wie Greifswald, Grimmen oder Stralsund. Zu meiner Ehrenrettung sei aber auch gesagt, dass uns keinerlei familiäre Beziehungen mit der ehemaligen DDR verbanden und somit aus meiner Sicht auch kein Anlass bestand, sich mit der dortigen Geografie intensiver auseinander zu setzen. Dazu bot der sonnige Süden als ersehntes alljährliches Urlaubsziel für derartige Betrachtungen schon eher einen Grund.

Diese Situation änderte sich für mich jedoch schlagartig mit dem Fall der Mauer und der Wiedervereinigung der beiden deutschen Staaten; denn dieses Ereignis fiel zeitlich unmittelbar mit meinem erfolgreichen Examensabschluss zusammen. Der Aufbau eines Sparkassennetzes im Osten bot ungeahnte berufliche Möglichkeiten, deren Chancen und Herausforderungen ich gerne annahm. Und, um dies schon vorwegzunehmen, ich habe diese Entscheidung nie bereut. Vorpommern mit seinen riesigen Schlägen und großflächigen Wäldern bietet dem passionierten Jäger und Hobbylandwirt alles, was das Herz begehrt. Und auch die Menschen nahmen uns mit offenen Herzen und durchweg freundlich auf. Die so häufig beschriebene und diskutierte »Wessi-Ossi-Problematik« ist uns in all den Jahren nie begegnet. Doch dazu später mehr.

Am Neujahrstag 1992 fuhr ich dann mit Sack und Pack Richtung Greifswald, um pünktlich am 2. Januar 1992 in der dortigen Sparkasse meinen Dienst anzutreten. Triste, graue Fassaden, mehr oder minder verfallene Häuser säumten meinen Weg. Die kahlen Alleebäume wurden umhüllt von Nebelschwaden, die den Rauch- und Qualmwolken der unzähligen Kohleöfen und der im Zweitakt knatternden Trabbis glichen. Dieses eher düstere Umfeld drückte doch erheblich auf meine erwartungsfrohe Stimmung, und wehmütig dachte ich an meine Frau, die erst einmal in Schleswig-Holstein geblieben war, bis die Unterkunftsfrage zufrieden stellend geklärt sein würde. Auf mich wartete währenddessen ein Zimmer in einem der für damalige Zeiten so typischen Plattenbauten, das die Sparkasse sicherlich in bester Absicht als vorübergehendes Refugium für mich reserviert hatte. Dass dieses »vorübergehend« ein möglichst schnelles Ende nehmen musste, damit ich keine dauerhaften körperlichen oder seelischen Blessuren davontragen würde, war mir bereits nach der ersten schlaflosen Nacht klar. Wie gewohnt öffnete ich kurz vor dem Zu-Bett-Gehen das Fenster, um die frische, kühle Nachtluft zu genießen. Nach einem wahren Kraftakt – und ich bin gewiss nicht schwächlich gebaut – gelang mir dieses Unterfangen endlich. Doch die Freude über dieses glückliche Gelingen schlug im selben Moment in pures Entsetzen um, denn direkt unter diesem Fenster befand sich auf dem davor liegenden Parkplatz scheinbar der Szenetreff der gesamten Umgebung. Aufheulende Motoren, lautes Gehupe, Gegröle und Geschrei drang lautstark in das Zimmer. An dörfliche Ruhe und Idylle gewohnt, war dieser städtische

Radau für mich kaum zu ertragen und ließ für die bevorstehende Nachtruhe Schlimmes ahnen. »Schotten dicht« lautete also die Devise. Doch kaum hatte ich mich in dem hermetisch verschlossenen Raum in die Decken gewickelt, traten mir schon die Schweißtropfen auf die Stirn. Verwundert über die plötzlichen Hitzewallungen, forschte ich natürlich nach der möglichen Ursache und berührte den Heizkörper. Mit einem kurzen Schmerzensschrei zog ich die Hand wieder zurück; denn der gusseiserne Wärmespender glühte. Alles Suchen und Tüfteln half nichts. An ein Regeln oder gar Abstellen der Heizung war nicht zu denken, denn es fehlte schlichtweg der Thermostat.

Nach einiger Zeit war die Hitze nicht mehr zu ertragen, und ich riss das Fenster wieder auf. Doch die Feierlichkeiten auf dem Parkplatz hatten in keiner Weise an Intensität oder an Lautstärke eingebüßt, ganz im Gegenteil. Also Fenster wieder zu! Diese Abfolge wiederholte sich dann die ganze Nacht in regelmäßiger Folge, und erleichtert sah ich den Morgen nahen, der die Flucht in das neue Büro ermöglichte.

Eine sofort geschaltete Suchanzeige, in der der Satz »in der Umgebung von Greifswald« hervorgehoben stand, brachte eine erfreuliche Anzahl von Antworten, und schon an den nächsten Abenden ging ich auf die schon aus dem Romanklassiker »Die Feuerzangenbowle« so bekannte »Budensuche«. Eine dieser Exkursionen führte mich dann nach Karlsburg, eine große Ortschaft etwa zwanzig Kilometer von Greifswald entfernt. Nach längerer Suche stand ich dann vor dem Haus der Familie Reimer, das sich in einer der eigentlichen Ortschaft vorgelagerten kleinen Sackgasse befand und von dieser durch die Bahnschienen getrennt wurde. Die kleine Eingangspforte war verschlossen, ein Klingelknopf nicht auffindbar. Also übersprang ich kurzerhand dieses Hindernis und strebte der an der Giebelseite gelegenen Haustür zu. Nach einem kräftigen Klopfen öffnete sich die Tür, und verärgert schaute mich ein älterer Herr mit weißen Haaren, Schnauzbart und großen buschigen Augenbrauen an. Ohne ein Wort des Grußes herrschte er mich an:

»Wie kommen Sie auf dieses Grundstück? Die Eingangspforte ist doch verschlossen! Haben Sie keinerlei Respekt vor fremdem Eigentum? Ich hole die Polizei!«

Vorsichtig und ein wenig kleinlaut erwiderte ich, dass ich wegen des Zimmers käme, und zeigte ihm das entsprechende Schreiben. Doch das beruhigte ihn in keiner Weise.

»Gerade dann stellt man sich ordentlich vor und klettert nicht einfach über irgendwelche Zäune! Das Gespräch ist beendet!«

Da fiel mein Blick auf die zahlreichen Rehgehörne und Schwarzwildwaffen, die den kleinen Flur zierten. »Haben Sie die alle selbst geschossen?«, fragte ich rasch. Schon hellte sich die Miene meines Gegenübers ein wenig auf, und schnell nutzte ich die Gelegenheit. »Ich bin nämlich auch Jäger, aber so kapitale Trophäen habe ich ja noch gar nicht gesehen. Und erst die beiden abnormen Böcke dort hinten in der Ecke. Das ist ja sagenhaft.«

Waidmannsstolz spiegelte sich in den klaren blauen Augen des alten Herren, und bereits ein wenig besänftigt lud er mich mit ausholender Geste ein, einzutreten. Inzwischen blickte auch Frau Reimer um die Ecke des

Flures, und nach einer ausführlichen Trophäeninspektion und dem Austausch einiger Jagderlebnisse wurden wir uns über die Zimmermiete und alle anderen Modalitäten schnell einig. Dieser erst so wenig vielversprechende Einstand bildete den Auftakt zu einer langen und intensiven Freundschaft.

Durch die fürsorgliche und mütterliche Betreuung fühlte ich mich bald wie zu Hause, und jeden Abend, wenn ich spät von der Arbeit kam, stand ein liebevoll zubereitetes Abendbrot auf meinem Zimmer. Meine Wäsche wurde gewaschen, Hemden und Anzüge gedämpft, gebügelt und gebürstet. Auch die erste Jagdeinladung ließ nicht lange auf sich warten, und bei Eis und Schnee verbrachte ich die ersten Nächte in einem vorpommerschen Revier, um auf Sauen und Rotwild zu passen.

In dem eher rotwildarmen Schleswig-Holstein hatte ich diese Wildart nicht allzu oft zu Gesicht bekommen, und so war es für mich ein besonderes Erlebnis, die imposanten Tiere mit ihren hoch aufragenden Geweihen durch die schneebedeckte, vom Mond beschienene Landschaft ziehen zu sehen. Und Herr Reimer freute sich von ganzem Herzen, dass er mir die Schätze seines Reviers so eindrucksvoll zu präsentieren vermochte. Nur die Sauen zeigten sich relativ schüchtern und weigerten sich standhaft, sich von mir erlegen zu lassen.

Im Frühling planten wir dann, die Familienzusammenführung einzuleiten, und in Ermangelung eines angemessenen Heimes boten uns Reimers die im Garten gelegene Laube an, um diese quasi als Sommerresidenz zu nutzen. »Platz ist in der kleinsten Hütte«, sagt ein altes Sprichwort, und ich kann es nur bestätigen.

Denn obwohl alle technischen Hilfsmittel, wie Geschirrspülmaschine, Telefon oder Fernseher, die unsere Wohlstandsgeneration im so genannten goldenen Westen bereits für selbstverständlich hält, fehlten, verlebten meine Frau und ich einen herrlichen Sommer in unserer Datscha, denn der große Obstgarten stand in voller Blütenpracht und versorgte uns das ganze Jahr über mit wunderbar schmeckenden Kirschen, Birnen und Äpfeln. War auch der Wohnraum nur etwa zwanzig Quadratmeter groß, so lud doch die großzügige Veranda zu langen abendlichen Gesprächen ein, ohne dass moderne Telekommunikationsmittel unsere tiefsinnigen Plaudereien stören konnten. In diese Zeit fiel auch – wen würde das bei den langen, lauen Sommernächten auch wundern – die erste Schwangerschaft meiner Frau, die wir beide gedanklich noch heute immer wieder mit dem Hochbett verknüpfen, in dem wir mangels Platz für das eigentlich standesgemäße Ehebett nächtigten. Da meine Frau um etliche Kilo leichter war und ist als ich, bezog sie die obere Etage des nicht gerade Vertrauen erweckenden Gestells. Es heißt zwar, dass alles Gute von oben kommt – und etwas Besseres als meine Frau hätte mir nie und nimmer widerfahren können –, aber dass sie in regelmäßigen Abständen mitsamt ihrem Bettanteil auf mich herunterplumpste, machte mich auf Dauer doch etwas nervös, zumal uns dieses periodisch wiederkehrende Missgeschick bei unseren freundlichen Vermietern in den Verdacht brachte, nachts besonders umtriebig zu sein. Dabei wagten wir uns vor Angst, einen »Bettcrash« zu fabrizieren, kaum zu rühren.

Während dieser Monate suchte und fand meine Frau unser späteres Anwesen. Es war in Kirchdorf gelegen, einem kleinen Dorf zwischen Greifswald und Stralsund. Wir beide verliebten uns sofort in diesen entzückenden Resthof, der zudem einen herrlichen Blick auf den Greifswalder Bodden bis hin nach Rügen bot.

Überdies ergab sich die Gelegenheit, im nahe gelegenen Wald, quasi vor der Haustür, einen etwa hundert Hektar großen Pirschbezirk zu pachten, der neben Rehwild, vor allem von Sauen bewohnt wurde. Neben einigen sumpfigen Flächen, die vorwiegend mit Esche und Birke bestanden waren, beherrschten dichte Fichtendickungen das Areal, die einen idealen Einstand für die Schwarzkittel boten. Auch an reichlich Mast fehlte es nicht; denn in einer Hochwaldparzelle wechselten sich alte Buchen und Eichen ab. Die Krönung des Ganzen aber bestand in einer großen, brachliegenden Wiese, der Klintwiese, auf der die Reste eines ehemaligen Bohrturmes aufragten, der jedoch bereits vor einigen Jahren mangels Förderleistung stillgelegt worden war. Alles in allem war dieses Revier eine Perle, die jedes Jägerherz höher schlagen ließ und in den folgenden Jahren manche Seite meines Schussbuches füllte.

Doch ich will nicht vorgreifen. Noch lebten wir in unserer »Datscha« und genossen den herrlichen vorpommerschen Sommer. In der Zwischenzeit pendelten wir immer wieder nach Kirchdorf, um erste bauliche Änderungen in unserem zukünftigen Heim vorzunehmen, das jedoch noch von den Vorbesitzern bewohnt wurde. Gleichzeitig nutzte ich die langen Sommerabende, mein neues Revier kennen und immer mehr lieben zu lernen. An dieser Stelle sei der Familie Reimer Dank gesagt für ihre fürsorgliche und liebevolle Betreuung, die uns so schnell heimisch werden ließ.

Ein Sommernachtstraum

Es gibt Momente und Stimmungen, die uns Menschen gefangen nehmen, die sich uns in die Seele brennen und unvergesslich bleiben ein Leben lang. Von solch einem Abend möchte ich hier berichten.

Nach einem langen, anstrengenden Arbeitstag sehnte ich mich nur noch nach Ruhe und Besinnlichkeit, nach Beschaulichkeit und Stille. Was also lag näher, als sich in die grüne Kluft zu werfen, den Drilling auf dem Rücksitz des Autos zu verstauen und den Abend im Wald zu verbringen. Als Ansitz wählte ich eine Leiter am Bestandesrand, die einen weiten Blick über die Klintwiese ermöglichte. Noch stand die Sonne an diesem Augusttag ziemlich hoch und brannte heiß auf die links von mir liegende Grasfläche. Still standen die Kronen der Birken und Eschen. Keine rote Decke zeigte sich zwischen den grünen Gräsern und Büschen. Kein Vogel wagte es, diese Stille zu stören. Nur die unzähligen Mücken summten und brummten und suchten nach neuen Opfern. Doch ich hatte mich wohlweislich mit einem stinkenden, öligen Mückenschutzmittel eingeschmiert und roch für diese kleinen Biester allem Anschein nach wenig verführerisch. So konnte ich weitgehend unbelästigt diese grenzenlose Ruhe in mich aufnehmen, wurde eins mit der Stille des Waldes. Schon schlossen sich die Augenlider, sank der Kopf langsam auf die Brust, da durchbrach ein winziges Knacken, das Brechen eines kleinen, dürren Zweiges, diese besinnliche Stimmung. Kaum wahrnehmbar, doch für den Jäger unüberhörbar, zog dort ein Stück Wild. Jetzt wurde es spannend, denn immerhin hatten wir Blattzeit, und die Schläfrigkeit wich einer gespannten Aufmerksamkeit. Schon schimmerte ein roter Fleck durch das Grün des Birkenanflugs direkt vor mir. Einen Moment verhoffte dieser verdächtig rote Fleck keine zwanzig Gänge vor mir, um dann umso lauter und ungenierter eine kleine Birke zu bearbeiten. Ein Bock! Er plätzte und fegte, dass Blätter und Walderde nur so durch die Gegend flogen. Dann zog er direkt auf mich zu, dichter und dichter. Mit bloßem Auge erkannte ich bereits die stark zurückgesetzten Sechserenden, die leicht geflammten, in sich verdrehten Stangen – ein Abschussbock, wie er im Buche steht. Schon lag der Drilling auf der Brüstung, der Schaft an der Schulter. Doch der Bock stand bereits knappe drei Meter vor der Leiter, das Zielfernrohr sah »nur noch rot«. Zu allem Überfluss drehte sich der Bock mehrmals um die eigene Achse, plätzte noch ein wenig und tat sich nieder. Totwerfen wäre in diesem Moment einfacher gewesen als totschießen.

Langsam ließ ich die Waffe wieder sinken und beschränkte mich auf diesen wohl einmaligen Anblick. Mein Gegenüber ahnte unverkennbar nichts von der Gefahr, von dem Jäger, der zwei Meter über ihm saß und ihn von oben anblickte. Ermattet schloss er die Lichter und döste behaglich vor sich hin. Es hätte nur noch gefehlt, dass er zu schnarchen begonnen hätte. Ich jedoch wagte kaum zu atmen und beobachtete fasziniert das Spiel von Licht und Schatten auf der Decke dieses würdigen alten Tieres. Ein knappe Stunde mochte bereits vergangen sein, sodass sich auch bei mir die Aufregung des ersten Augenblickes merklich gelegt hatte und ich mich langsam, aber sicher von der Müdigkeit meiner vermeintlichen Beute anstecken ließ. Da fuhr der Bock urplötzlich mit einem Ruck hoch, ließ mir während eines herzhaften Reckens und Streckens gerade noch Zeit, die Waffe wieder in Schussposition zu bringen, und drehte mir in dem Moment, in dem der Finger bereits am Abzug lag, den Spiegel zu. Vor Aufregung und Jagdfieber zitternd lag ich im Anschlag, doch von Breittreten keine Spur. Gemächlich, fast schlurfend entfernte sich der Bock auf demselben Wechsel, auf dem er gekommen war, um genauso plötzlich wieder zwischen der grünen Botanik zu verschwinden.

Verärgert setzte ich den Drilling ab und haderte mit mir selbst. Eine solche Chance, doch keine Gelegenheit! Zur Entspannung ließ ich das eben Erlebte nach- und ausklingen. Doch was war das? Wieder knackte es im Geäst, und das auch noch aus der entgegengesetzten Richtung, nämlich von hinten. Wie eine Eule drehte und wendete ich den Kopf, um den Verursacher dieser neuerlichen Störung ausfindig zu machen. Dann teilte sich das Buschwerk, und mit tiefem Windfang zog ein zwei- bis dreijähriger Bock fast direkt unter der Leiter vorbei. Dünne Stangen, oben leicht nach innen gebogen, mit kaum erkennbaren Vereckungen offenbarten den Abschussbock. Da stieß er auf das noch warme Bett seines Vorgängers und untersuchte es mit aufmerksamer Spannung, fast möchte ich sagen mit gesträubtem Nackenhaar. Merkwürdig ungelenk, mit gespreizten Läufen, stolzierte er um die Ruhestätte des Rivalen herum. Mit eingestochener Waffe verfolgte ich das Gehabe, und in dem Moment, in dem der Bock windend verhoffte und dabei das Blatt zeigte, fiel der Schuss. Den Bock katapultierte es regelrecht in der Luft, dann folgte eine tiefe Flucht in den Birkenanflug und Schlegeln von einer Stelle. Er lag.

Der Knall war noch nicht verhallt, da registrierte ich mit dem letzten Teil des Augenwinkels eine Bewegung – eine verdächtige Bewegung – eine verdächtig schwarze Bewegung auf der Klintwiese. Mir stockte der Atem. Ein Überläufer, der sich wahrscheinlich in einem der dicht bewachsenen Abzugsgräben ein kühles, schattiges Tagesquartier auserkoren hatte, flüchtete nun, sichtlich irritiert durch den Geschossknall, schräg an mir vorbei Richtung Waldkante. Fieberhaft brach ich den Drilling, fingerte eine neue Kugel in den Lauf und zog mit. Fünfzig Schritt von mir entfernt kam der kohlrabenschwarze Kujel dann in meinen Wind und beging einen schwer wiegenden Fehler. Anstatt den Spurt zu beschleunigen, verhoffte er für den Bruchteil einer Sekunde, um sich über die Botschaft der ihm zugetragenen Winde letzte Klarheit zu verschaffen. Dieser Augenblick genügte, ihm die Kugel anzutragen. In nunmehr ungestümer Flucht mit hochgestelltem Pürzel stürmte das wilde Schwein dahin, überschlug sich, kam wieder hoch und verschwand in einem kleinen Weidendickicht. Von dort vernahm ich ein tiefes Schnauben. Stille. Eine kleine Weile hielt es mich auf meiner Leiter, dann eilte ich zum ersten Abschuss. Die von mir beobachtete Flucht war die letzte des Bockes gewesen, denn ein Hinterlauf ragte aus dem Grün des Birkenanfluges heraus. Ich zog ihn auf die Schneise und wendete mich meinem wilden Schwein zu. Dazu musste ich jedoch erst den breiten Graben überqueren, der den Waldrand von der Wiese trennte. Mit allerlei akrobatischen Übungen und Verrenkungen sowie nassen Füssen gelang mir auch das. Mit aufmunitionierter Waffe in Hab-Acht-Stellung und voller Spannung trat ich zum Anschuss. Blasiger, hellroter Lungenschweiß leuchtete mir schon von weitem entgegen, und Schritt für Schritt folgte ich der gut sichtbaren Schweißbahn Richtung Weidendickung. Kurze Zeit später stand ich vor diesem Gestrüpp und überdachte die weitere Strategie. Kein Laut war zu hören, aber war der Überläufer bereits verendet? Ich beschloss, diese Festung aus wild wachsenden Weiden, Brennnesseln und Dornen erst einmal zu meiden, doch wie vermutet und befürchtet, stand keine Fluchtfährte hinaus. Der Schwarzkittel steckte. Also zurück zum Einwechsel und auf allen vieren, den schussbereiten Drilling immer auf den »Feind« gerichtet, hinein in das Vergnügen. Bereits nach wenigen Metern löste sich dann diese spannungsgeladene Situation, denn dort lag es, mein Grabenschwein, bereits verendet und längst im Schweinehimmel. Es dauerte geraume Zeit, bis ich den Rehbock und das Zehnterkeilerchen glücklich im Auto verfrachtet hatte und, auf Wolke sieben schwebend, mit dieser außergewöhnlichen Beute gen Karlsburg fuhr. Dort begrüßte man den wackeren Jägersmann mit großem Hallo, und nachdem die rote Arbeit verrichtet war, legte ich Strecke vor der Veranda unserer Datscha.

Die Hitze des Tages wich immer mehr einer angenehmen, frischen Kühle, während die Sonne blutrot am Horizont versank. Mit Hilfe von Herrn Reimer hängte ich den Bock und die Sau in einen der Kirschbäume, stellte mir einen Stuhl davor und genoss das erste Bier des Tages. All der Stress und Ärger fiel von mir ab, Mond und Sterne warfen ihren Schein auf die wahrhaft königliche Beute. Bis weit nach Mitternacht saß ich davor, ließ den Blick abwechselnd auf die bunte Strecke und den sternenübersäten Himmel schweifen. Es war ein Zustand der Schwerelosigkeit, der vollkommenen Zufriedenheit, des Einsseins mit Natur und Schöpfung, die mich umfing und gefangen nahm. Die helle Nacht, der milde, laue Wind, leise raschelnd in den Bäumen, ab und zu die Stimme eines Vogels von weit her; noch heute spüre ich, wenn ich die Augen schließe, diese glückselige Atmosphäre. Vorpommern hatte mich, den Schleswig-Holsteiner, aufgenommen, hatte mich reich beschenkt. Es war ein Sommernachtstraum.

Überrollt

Kaum war dieser stimmungsvolle Abend verklungen, galt mein Sinnen und Trachten natürlich dem älteren Abschussbock. Wann immer es der Arbeitsalltag erlaubte, saß ich auf der bewährten Leiter an der Klintwiese und harrte dort bis spät in die Nacht aus, um ihn wieder zu Gesicht zu bekommen. Doch die Blattzeit näherte sich dem Ende, und die Brunftaktivitäten klangen merklich ab. Damit sanken auch die Chancen, den sicherlich brunftmüden Veteran noch einmal schussgerecht vor die Büchse zu bekommen. So ließ sich auch außer einigen Ricken mit hoffnungsvollem Nachwuchs und einigen Schmalrehen nichts blicken, was den Blutdruck hätte in die Höhe treiben können. Dies konnte mich jedoch nicht entmutigen. Denn dafür waren die Abende einfach zu schön. Ein Sonnenuntergang präsentierte sich prachtvoller als der andere. Überall zirpten die Grillen, Tagpfauenaugen, Kleine Füchse und Bläulinge schaukelten im Abendlicht, die Vogelwelt sang und jubilierte. Und auch ich jubilierte angesichts von so viel Schönheit und zog in der Dunkelheit tief befriedigt und glücklich heim nach Karlsburg.

Um mein am Waldrand abgestelltes Auto zu erreichen, schlenderte ich eines Abends auf dem Stichweg entlang, der den mit Eschen und Birken bestandenen Moorteil von einer nur wenige Meter einsehbaren Fichtendickung trennte. Plötzlich traten mir zwei stärkere Sauen in den Weg und sprangen mir dabei fast vor die Füße. Meine Überraschung wuchs umso mehr, als die »lieben Tiere«, wie mein Freund Uwe die Schwarzkittel stets liebevoll zu titulieren pflegte, nicht weiter flüchteten, sondern mit aufgestelltem Kamm, laut blasend und schnaubend, am Rand der Fichten verharrten. Ich rechnete jeden Moment mit einem Frontalangriff und nahm sicherheitshalber den Drilling von der Schulter, wobei ich mir dieses befremdliche Verhalten nicht recht erklären konnte. Dann vernahm ich leises Knacken vom rechten Rand des Weges, und ehe ich mich recht versah, liefen zwei, drei, fünf, nein acht Frischlinge hinter meinem Rücken in die Fichten. Allem Anschein nach war ich auf eine »Hauptverkehrsstraße« der Schwarzkittel geraten und hatte die Vorfahrt nicht beachtet. Deshalb auch diese Fast-Karambolage. Denn kaum hatte der letzte der kleinen Pürzelschwinger die schützende Dickung und Mamas Rockzipfel erreicht, verloren die schwarz berockten Damen ihren Furcht erregenden Habitus und verschwanden mit einem letzten empörten Blasen ob dieses Verkehrsrowdys im Dunkel des Fichtenjungwuchses. Ich war augenscheinlich zwischen zwei führende Bachen und deren Frischlinge geraten – eine Situation, die durchaus unangenehmer für mich hätte verlaufen können.

Doch bereits am nächsten Abend hatte ich meinen Schrecken überwunden, und ich fand mich wieder auf meiner altbewährten Ansitzleiter ein. Kein Windhauch ließ Blätter und Gräser vibrieren, und die Sonne stach heiß und erbarmungslos auf die ausgetrocknete Erde der Wiesen und Äcker. Nur der Wald mit seinem grünen Blätterdach bot Schutz vor der Hitze und angenehme Kühle. Doch am Horizont türmten sich bereits die Wolken, schoben sich über- und ineinander. Die Luft wurde von Minute zu Minute immer drückender und schwerer, und Stille trat ein. Die Natur stand still, alles wartete auf das sich zusammenbrauende Gewitter, auf Blitz und Donner, auf peitschende Sturmböen und auf den Regen, das so lange entbehrte und so dringend erwartete Nass.

In diese Stille hinein erklang plötzlich ein näselnder, schnarchender Ton aus dem hohen Gras der Klintwiese. Unzweifelhaft kam er von Wild, aller Wahrscheinlichkeit nach einem Stück Rehwild, das sich mit hartnäckigen, im Windfang festgesetzten Rachendassellarven plagte. Automatisch suchte das Fernglas in dem hohen, abgestorbenen Kraut nach einer roten Decke, einer Bewegung, doch umsonst. Im Hintergrund knurrte und brummte das Gewitter, erste vereinzelte Tropfen klatschten auf das mich deckende Blätterdach. Dazwischen wieder ein Schnarchlaut – und Halt: Bewegten sich dort, direkt vor mir, nicht die Blätter und Stängel der Brennnesseln? Eine schwere Windböe verhinderte weitere Ursachenforschung, denn nun bog und wand sich alles. Dann stand plötzlich, wie von Geisterhand herbeigezaubert, ein Bock mit starkem Träger und eisgrauem Gesicht mitten auf der Freifläche, keine siebzig Gänge von mir entfernt. Den ersten schweren Donnerschlag nahm ich fast nur im Unterbewusstsein wahr, so beschäftigte mich das Ansprechen meines Gegenübers, der immer wieder unwillig mit dem Haupt schlug, um die sich im Windfang und Rachen bewegenden Plagegeister loszuschütteln. Dann hatte ich Gewissheit: Es war der alte Bock mit dem geflammten, verdrehten Sechsergehörn. Hatte ihn das drohende Unwetter oder die ihn quälenden Parasiten auf die Läufe und mir vor die Büchse gebracht? Ich weiß es nicht. Ein Blitz zuckte vom Himmel, dicht gefolgt von einem ohrenbetäubenden Knall. Nur einen Wimpernschlag später knallte es erneut. Doch diesmal war es die Büchse, die sprach und den Bock in der Fährte zusammenbrechen ließ. Im jetzt einsetzenden Regen eilte ich zu meiner Beute, überglücklich wegen dieses jagdlichen Erlebnisses.

Im strömenden Regen – was konnte mir der auch noch anhaben? – trug ich den Bock auf den Schultern bis zum Ende des Stichweges an die Stelle, zu der ich mit dem Geländewagen gelangen konnte. Ich legte ihn auf die Mitte des Weges, eilte zum Auto und fuhr rückwärts den Weg hinunter. Ich fuhr und fuhr, krampfhaft den Kopf nach hinten gewendet, um nur ja nicht links oder rechts vom rechten Pfad abzukommen und mich gar noch festzufahren. Ich fuhr und fuhr und wunderte mich, dass ich den Bock immer noch nicht erreicht hatte – oder besser noch nicht erreicht zu haben glaubte. Denn als ich anhielt, um durch die beschlagenen Scheiben ein wenig intensiver nach dem Rechten zu sehen, und dabei auch durch die Frontscheibe nach vorne blickte, rieb ich mir ungläubig die Augen. Denn plötzlich lag mein Bock zwanzig Meter vor mir. Zwar hatte ich die heftigen Auf- und Abwärtsbewegungen meines Autos registriert, aber dafür das unwegsame Gelände verantwortlich gemacht. Im Eifer des Gefechtes hatte ich meinen Bock also glatt übersehen und damit überrollt – und dies an fast exakt der Stelle, an der ich am Abend zuvor die Begegnung mit Familie Wildschwein hatte erleben dürfen. Offenbar handelte es sich wirklich um eine Hauptverkehrsstraße.

Zu allem Überfluss hatte das Gehörn meiner Beute diesem Gewaltakt nicht standgehalten, und eine Stange lag abgebrochen neben ihrem ehemaligen Träger. Immer noch den Kopf schüttelnd über so viel Missgeschick, sammelte ich die Einzelteile meiner Strecke ein und fuhr nach Hause. Dort traf ich Herrn Reimer, der sich feixend mein Jagdabenteuer anhörte und behauptete, ich sei mir wahrscheinlich nicht sicher gewesen, ob ich den Bock richtig getroffen hätte. Deshalb hätte ich ihn wohl zur Sicherheit noch einmal totgefahren. Wer den Schaden hat ... Aber ein Bier haben wir uns dann doch noch gegönnt.

Der Ziegenbock

Ein Ziegenbock trägt sein Gehörn nach hinten gekrümmt. Dem Bock, von dem ich jetzt erzählen will, wuchsen die kleinfingerlangen Stangen nach vorn. Ein umgekehrter Ziegenbock also. Da es aber keine umgekehrten Ziegenböcke gibt und mir keine andere Tierart einfiel, deren Kopfzierde das Gehörn dieses schwachen Jährlings besser beschreibt, habe ich ihn eben »den Ziegenbock« getauft. Ich bitte um wohlwollendes Verständnis.

Doch nun von Anfang an. Vierzehn Tage waren seit dem »Überrollkommando« verstrichen. Langsam zog der Herbst ins Land und schickte erste ahnungsvolle Vorboten wie kalte Regenschauer und Sturmböen über Feld und Flur. Doch ich verbrachte jeden nur möglichen Abend in meinem Revier, um die Einstände und Wildwechsel zu erkunden und die bevorzugten Äsungsplätze festzustellen. An einem dieser Abende marschierte ich nach erfolgloser Pirsch, jedoch voll von neuen Eindrücken, einen Zufahrtsweg am Waldrand entlang, der mein Revier von der angrenzenden Genossenschaftsjagd trennte und in den Klintwiesen endete. Von dort kommend strebte ich also meinem am Waldrand abgestellten Wagen zu und entdeckte plötzlich mitten auf diesem Grenzweg einen Schatten. Die Silhouette wies diesen Schatten eindeutig als Zweibeiner aus, der in den Nachthimmel ragende Büchsenlauf ließ mich zweifelsfrei auf einen Jäger schließen. Mit einem etwas mulmigen Gefühl im Magen schritt ich auf die an Ort und Stelle verharrende Person zu und begrüßte sie mit einem »Schönen, guten Abend« und »Waidmannsheil gehabt?«

»Nein!«, lautete die knappe Antwort.

Schweigend fixierten wir uns eine Weile, dann folgte die Gegenfrage:

»Bist du etwa der Neue, der jetzt in der Forstjagd jagt?«

Wenn Vorpommern für Wortkargheit bekannt sind, gilt das für Schleswig-Holsteiner schon lange, dachte ich mir und begnügte mich mit einem kurzen »Ja!«

Wiederum Schweigen und zwei Augenpaare, die einander gegenseitig abzuschätzen versuchten. Dann lächelte mich mein Gegenüber an, streckte die Hand aus und sagte: »Na denn, ich heiße Achim. Eine Magnum habe ich noch im Rucksack, die können wir uns teilen.«

Damals noch in völliger Unkenntnis, was mit »Magnum« wohl gemeint sein könnte, gab ich ihm die Hand und antwortete etwas unsicher. »Aber gern! Ich heiße übrigens Carsten.«

Daraufhin kramte Achim eine Halb-Liter-Bierflasche aus dem Rucksack und prostete mir zu. Damit war das erste Eis gebrochen. Sicherlich eine Stunde lang saßen wir beide am Waldrand, tranken abwechselnd aus der »Magnumflasche« und erzählten von uns, unseren Familien und der Jagd in Ost und West. Sehr schnell spürten wir beide den gegenseitigen Draht und die aufkeimende Sympathie. Dieser erste Abend bildete den Auftakt zu einer tiefgehenden Männerfreundschaft, die bis zum heutigen Tag hält, obwohl uns jetzt Hunderte von Kilometern trennen. Viele gemeinsame Ansitze, Jagderlebnisse und gemeinsame »Magnums« folgten, und von einigen werde ich in diesem Buch berichten.

Den nächsten Abend widmete ich wieder einmal meiner Ansitzleiter an den Klintwiesen. Viel Hoffnung auf einen viel versprechenden Anblick hatte ich jedoch nicht, denn immerhin zwei Böcke hatte ich an dieser Stelle schon erstreckt. Daher richtete ich das Fernglas auch eher gelangweilt auf den roten Flecken, der sich etwa hundert Meter vor mir zwischen den relativ dichten Büschen hin und her bewegte. Für einen Augenblick bekam ich Kopf und Träger frei zu sehen und stutzte. Waren dort zwischen den Lauschern nicht zwei merkwürdig verformte Spießchen? Doch schon tauchte das Haupt wieder in dem hohen Gräsermeer unter. Schnell tauschte ich das Glas mit der Büchse und versuchte das Stück durch das Zielfernrohr anzusprechen. Doch dieses Unterfangen gestaltete sich doch sehr schwierig. Denn wenn der Bock, falls es überhaupt einer war, auch völlig arglos und vertraut war, so zog er doch ständig in dem hohen Kraut hin und her, verschwand dann vollständig und tauchte Minuten später an anderer Stelle wieder auf. Dieses Spielchen wiederholte sich fast eine volle Stunde lang, und meine Arme begannen immer stärker zu zittern – teils vor Anstrengung, teils aus aufkommendem Jagdfieber.

Doch dann wechselte das Stück auf eine kleine Freifläche, stellte sich halbspitz und sicherte in den Wald hinein. Tatsächlich, kleine, gekrümmte Spießchen zierten das Haupt des Jährlings. Jetzt galt es, keine Zeit mehr zu verlieren, denn jeden Moment konnte er wieder in der schützenden Deckung untergetaucht sein. Ein letztes Zusammenzielen, tief eingeatmet, dann die Luft angehalten, und schon verstärkte sich der Druck auf den eingestochenen Abzug. Im Knall setzte der Bock mit einer Riesenflucht zurück in das hohe Buschwerk und war verschwunden. Getroffen oder nicht, das war hier die Frage. Nachdem ich mich wieder beruhigt hatte, ging es erst einmal zum Abschuss – ja, wenn dieser so einfach zu finden gewesen wäre. Immer orientierungsloser und planloser lief ich kreuz und quer über die

Wiese, doch weder Anschuss noch Bock wollten sich zeigen. Immer mehr wuchs in mir die Überzeugung, einen Fehlschuss getan zu haben, jedoch ein Fünkchen Zweifel blieb. Also kehrte ich wieder zur Leiter zurück, um von dort oben zu versuchen, den Anschuss zu lokalisieren. Eher noch unsicherer ging es dann zurück. Eine letzte Quersuche sollte das Gewissen beruhigen. Dabei stieß ich auf einen kleinen Entwässerungsgraben, nahm Anlauf, sprang mit einem weiten Satz darüber hinweg und landete unmittelbar neben dem Bock. Kurz vor dem Blatt hatte die Kugel den Träger durchschlagen. Eigentlich hätte er im Knall liegen müssen. Als ich dann neben ihm im hohen Gras kniete und die eigentümliche Gehörnform betrachtete, war für mich klar: ein Ziegenbock.

In der Jagdliteratur fand ich einen Hinweis, dass derartig verwachsene Gehörne häufig auf parasitäre Erkrankungen zurückzuführen sind, und tatsächlich, die Leber war übersät mit eingekapselten Egeln.

Ein neues Heim

In jenem Sommer bezogen wir dann auch unseren entzückenden Resthof mit Blick auf Rügen und den Greifswalder Bodden. Leider standen uns zunächst nur zwei Zimmer mit gemeinschaftlicher Küchen- und Badbenutzung zur Verfügung, da sich der Neubau der Vorbesitzer verzögerte und diese sonst quasi auf der Straße gestanden hätten. Eine WG auf Zeit im eigenen Haus also, die unsere Freude an den ersten eigenen vier Wänden schon ein wenig trübte. Doch unverdrossen begannen wir mit Hilfe der ganzen Familie die Um- und Ausbauarbeiten, kümmerten uns um die Umgestaltung der Außenanlagen und die Einfriedung der kleinen Hauskoppel. Die Wochenenden und die Abende waren ausgefüllt mit Hämmern, Schleifen, Sägen, Tapezieren und Malen. Abends fiel man dann zwar todmüde ins Bett, schlief aber mit der beruhigenden Gewissheit ein, wieder ein Stück vorangekommen zu sein. Da es ohnehin nur zwei Nachbarn rechts und links von unserem Gehöft gab, verstand es sich von selbst, dass wir uns dort vorstellten. Mit gemischten Gefühlen, aber mit besten Absichten standen wir dann eines Tages bei Familie Wendt und Familie Paul vor der jeweiligen Haustür und machten unsere Aufwartung. Der Empfang verlief typisch norddeutsch: zwar nicht direkt frostig, aber außerordentlich distanziert. Denn man gab uns freundlich, aber auch unmissverständlich zu verstehen, dass man zwar nebeneinander wohne, dass sich der Kontakt aber auch schon darauf beschränken werde.

Doch so leicht ließen wir uns nun auch nicht entmutigen und eine Einladung zu einem gemeinschaftlichen Abendessen in der provisorischen Wohnstube wurde von allen angenommen. Der kurzweilige Abend schien auch allen gefallen zu haben, denn man schied bereits freundschaftlicher. Doch was wahre vorpommersche Nachbarschaft bedeutet, erfuhren wir bereits wenig später.

Inzwischen waren nämlich mittels Schwertransport meine landwirtschaftlichen Geräte eingetroffen und ich konnte, wenn auch etwas verspätet, mit der Heuernte beginnen. Dies gestaltete sich zu zweit zugegebenermaßen etwas schwierig. Denn einer musste die Heuklappen fachgerecht auf dem Anhänger stapeln, während gleichzeitig die schweren Ballen per Forke und Körperkraft auf denselben gestakt werden mussten. Gleichzeitig musste der Trecker alle zwanzig Meter ein Stückchen vorgefahren werden, damit die Laufwege nicht zu lang wurden. Man musste also ständig vom Trecker heruntersteigen, Heu auf den Anhänger befördern, wieder zurück zum Trecker und vorfahren – bei der großen Fläche ein ermüdendes Verfahren. »Nicht effizient und unwirtschaftlich«, wäre die Kommentierung eines Betriebswirtes gewesen. Erschwerend im wahrsten Sinne des Wortes kam hinzu, dass meine Frau schwanger war und damit bei solch schwerer körperlicher Arbeit eigentlich allenfalls als Zaungast hätte fungieren dürfen. Kurz nach der Entbindung gratulierte ihr übrigens der Dienst habende Klinikarzt zu einer geradezu hervorragend ausgebildeten Bauchmuskulatur. So viel zum Thema Landarbeit und Schwangerschaft.

Unter einem tiefblauen, wolkenlosen Himmel und schweißtreibender Sonnenglut bargen wir also das Futter für unsere vegetarischen Vierbeiner, als plötzlich einige Gestalten, die sich sehr schnell als unsere Nachbarn entpuppten, um die Hausecke traten und sich dem Schauplatz landwirtschaftlicher Betriebsamkeit näherten. Dieser Forken schwingende Aufmarsch ließ mich erst an einen Bauernaufstand mit anschließender Vertreibung der unliebsamen Eindringlinge glauben, doch schnell wurde ich zu meiner Erleichterung eines Besseren belehrt. »Das darf doch nicht wahr sein! Lässt seine schwangere Frau auf dem schwankenden Wagen die Heuballen packen! Susanne, geh man schon mal rein und stell das Bier kalt. Den Rest übernehmen wir schon.«

Wie selbstverständlich teilten Fredi Wendt und Hans Paul die Arbeit ein: Hans fuhr den Trecker, seine Söhne stapelten, während Fredi und ich stakten. Mit lockeren Sprüchen und handfesten Scherzen ging die Arbeit fast wie von selbst, und mit den letzten Sonnenstrahlen fand auch das letzte Heu den Weg auf den Boden des Hauses. Lange noch saßen wir an diesem milden Abend beisammen, ließen das kalte Bier durch die ausgetrockneten Kehlen rinnen, beobachteten den Flug der Fledermäuse und lauschten dem Zirpen der Grillen. Ich war tief beeindruckt und auch ein wenig beschämt von so viel Herzlichkeit und Hilfsbereitschaft, die man uns ohne viel zu fragen wie selbstverständlich angedeihen ließ. Auch begann damit eine intensive Freundschaft, die auch nach unserer Rückkehr nach Schleswig-Holstein bis zum heutigen Tag anhält.

Hier sind Brücken geschlagen worden zwischen Ost und West, zwischen Menschen, die sich gegenseitig akzeptieren und tolerieren. Hier spielen Vergangenheit, Ideologien und Wirtschaftssysteme keine Rolle, was zählt, sind Respekt, Verständnis und Sympathie. Wir danken unseren Nachbarn noch heute für diese wunderschöne gemeinsame Zeit. Fast überflüssig zu erwähnen, dass wir auch in den nächsten Jahren unsere Heu- und Strohernten gemeinsam einfuhren.

Eine ähnliche Hilfsbereitschaft durfte ich dann im folgenden Sommer erleben, der vom Wetter her alles andere als erfreulich war. Denn kaum waren die Wiesen gemäht, setzte unbeständiges Schauerwetter ein, und immer wieder verregnete uns das Heu. Dann endlich, nach unzähligem Kehren, schwadete Fredi das Heu, und ich fuhr gleich nach Dienstschluss mit Trecker und Presse in die Wiesen. Schon wieder schob sich Wolke an Wolke und ließ für die folgende Nacht erneuten Regen erwarten. Ich war schier am Verzweifeln, denn es schien so gut wie unmöglich, noch am selben Abend gleichzeitig zu pressen und einzufahren. Ich hätte an diesem Tag gut und gern zehn Arme und Beine haben müssen. Wer schon einmal in irgendeiner Form mit landwirtschaftlicher Ernte zu tun hatte, der weiß, welche Gefühle und Gedanken einen in solchen Momenten beschäftigen.

Doch dann erschienen, ich wagte meinen Augen kaum zu trauen, Karl und Wedig, zwei Altbauern, die ebenfalls noch die Zeiten als selbstständige Landwirte vor der Zwangszusammenführung in so genannte landwirtschaftliche Produktionsgenossenschaften erlebt hatten, auf der Bildfläche. Und mit ihnen ein Trecker samt Heupresse sowie einige meiner Jagdkollegen.

»Wi hebbt dacht, du kunnst Help bruken!«, war die knappe Begrüßung, und ohne weitere Erklärungen ging es schon zur Sache. Als die ersten Windböen den Regen über das Land peitschten, war das letzte Fuder geborgen. Ja, so war das in Vorpommern.

Im Dezember 1992 erblickte dann unsere Mareike das Licht der Welt, und unsere »WG-Mitbewohner« verließen endgültig das gemeinschaftlich bewohnte Haus. Kurze Zeit später bekam Klaus, die Kuh, über die ich an anderer Stelle noch ausführlicher berichten werde, ihr erstes Kalb im provisorisch eingerichteten, ehemaligen Schweinestall. Wir alle hatten nun unser Zuhause, unser neues Heim in Vorpommern.

Klausi und Werner

Klausi und Werner waren, Sie werden es sicherlich erraten, zumindest aber doch geahnt haben, zwei wunderschöne, großrahmige schleswig-holsteinische rotbunte Kühe, und zwar – dies ist jetzt für die Insider, im alten DN-Schlag.

Mir ist durchaus bewusst, dass dieses Kapitel, wie auch schon das vorhergehende, mit der Jagd nur bedingt etwas zu tun hat. Jedoch sind für mich Jagd, Landwirtschaft und auch persönliches Umfeld immer unmittelbar miteinander verbunden. Es entsteht ein Flechtwerk, in das die jagdlichen Erlebnisse eingewoben sind und ohne die sie schal, farblos und nichts sagend wären.

Klausi und Werner kauften wir noch zu Schleswig-Holsteiner Zeiten als acht Tage alte Kälber von zwei Bauern in unserem Dorf, nämlich, wie sollte es anders sein, von Klausi und Werner. Damit wäre bereits das Geheimnis der Namensgebung gelüftet. Im heimatlichen Stall angekommen, zogen wir die beiden quasi mit der Flasche groß, gewöhnten sie schon sehr frühzeitig an einen Halfter und zogen mit ihnen – die Holsteiner sagen »tütelten« – an den Wochenenden an den Kanten der Feldwege entlang. Bei jeder Hundeprüfung hätten wir in punkto Leinenführigkeit in der Wertung ganz vorne gelegen, mit den anderen Kommandos wie Sitz, Platz oder Down wären wir dann wohl doch an unsere Grenzen gestoßen.

Durch diesen engen Kontakt folgten die beiden Kühe uns jedoch fast wie Hunde auf Schritt und Tritt, und weder meine Frau noch ich hätten es übers Herz gebracht, die beiden zurückzulassen. Daher begleiteten uns die beiden auf unserem Treck nach Vorpommern, fanden kurzfristig Unterschlupf in Karlsburg, um dann gemeinsam mit uns das neue Heim in Kirchdorf zu beziehen. Bei allen Kälbern, die die beiden in Kirchdorf zur Welt brachten, spielte ich Geburtshelfer, wobei mir meine Nachbarn Hans und Fredi immer mit Rat und Tat zur Seite standen. Und jedes Mal war es uns eine große Freude, dabei zu sein und mithelfen zu dürfen, neues Leben zum Erwachen zu bringen. Die Geburt selbst, das Säubern von Nase und Maul, das liebevolle Ablecken durch die Kuh, die ersten zitternden, wankenden Steh- und Gehversuche – es ist schon ein erhebendes Erlebnis. Besonders genau erinnere ich mich an eine Kalbung bei Klausi, die an Dramatik kaum noch zu überbieten war. Als Abkalbtermin stand der 15. Januar im Kalender, doch noch im alten Jahr, pünktlich am 31. Dezember, setzten die Wehen ein. Es war bitterkalt in jenem Winter, das Thermometer zeigte bis zu minus zwanzig Grad Celsius. Dazu wehte ein scharfer Wind aus Nordost, der den feinen Schnee in alle Ritzen und Fugen trieb. Trotz der aufgestallten Tiere waren alle Tränken im Stall eingefroren, wie auch die 1,3 Meter tief in die Erde verlegten Rohre, die übrigens erst im April des folgenden Jahres wieder auftauten. Wie üblich prüfte ich, ob Kopf und Vorderbein bereits die richtige Geburtsposition eingenommen hatten, doch nichts, absolut nichts war von irgendwelchen Gliedmaßen zu ertasten. Im selben Moment setzte eine heftige Presswehe ein, und noch in die Fruchtblase eingebettet fiel, ich möchte fast sagen spülte, mir ein Winzling entgegen. Ein Minikalb, ein Zwerg lag vor meinen Füßen, während ich von oben bis unten »abgeduscht« war.

Wer den Film »Ghostbusters« kennt, wird sich sicherlich an den erhebenden Satz »Er schleimte mich voll!« entsinnen. Nun, ich konnte diese Filmszene durchaus nachvollziehen, obwohl es beileibe kein Geist war, dessen Opfer ich soeben geworden war. Schnell befreite ich den kleinen Schutzbefohlenen aus seiner schleimigen, wässrigen Hülle, doch kein Atemzug war wahrnehmbar, die Augen wirkten trüb und starr. Eine Totgeburt, so glaubte ich – die erste, die ich in meiner kurzen Laufbahn als Hobbylandwirt zu beklagen hatte. Ich kniete noch, mit dem Schicksal hadernd, vor den Überresten dieser Sturzgeburt, als sich vor dem einen Nasenloch des Kalbes im Zeitlupentempo eine Blase bildete, die größer und größer wurde und schließlich zerplatzte. Sollte doch noch Leben in dem Totgeglaubten sein? Ich rubbelte das Kalb mit Stroh ab, hob es an den Hinterbeinen hoch, begoss es abwechselnd mit heißem und kaltem Wasser, rubbelte und rieb wieder und plötzlich schlossen und öffneten sich die Augenlider. Ein Zittern lief durch den kleinen Körper. Ich hatte den Wettlauf um Leben und Tod gewonnen.

Zum Schutz vor der Kälte wickelte ich den Sprössling in warme Tücher und bettete ihn in eine große Lage Stroh direkt vor Klausi, die sich sofort liebevoll und zärtlich um ihren Nachwuchs kümmerte und sorgte. Meine Hoffnung jedoch war gering, dass dieser Zwerg die kalte Nacht überstehen würde.

Der nächste Morgen belehrte mich dann eines Besseren, denn da stand der kleine Bulle bereits auf seinen eigenen Beinen und stärkte sich am Euter seiner Mutter. Dieser kleine Kerl wuchs sich dann zum stärksten Bullen heraus, den ich je gezüchtet habe.

Nun zum bereits avisierten jagdlichen Bezug, den ich mit einer mutigen These beginnen möchte: »Auch Kühe, zumindest Klausi, lassen hier und da gewisse Schweißhundeigenschaften erkennen.« Sie glauben das nicht? Warten Sie ab!

Klausi graste im Spätsommer auf der etwa dreizehn Hektar großen Hauskoppel, auf der das stellenweise kniehohe Gras gute Deckung bot. Ich selbst arbeitete an diesem Samstag im Garten und blickte ab und zu auf meine friedlich wiederkäuende Rinderherde. Etwas weiter entfernt fiel ein Büchsenschuss, und nur wenig später flüchtete ein Rehbock über meine Weide, strebte dem höheren Grasbestand zu und verschwand blitzartig darin.

Natürlich widmete ich nun diesem Geschehen meine ganze Aufmerksamkeit, und auch Klausi schien den Bock beobachtet zu haben. Denn sie setzte sich zielstrebig, wenn auch geruhsam in Bewegung, um an der Stelle, an der der vermeintliche Eindringling den Stacheldraht überwunden hatte, den Kopf tief in die Fluchtfährte zu senken und ihr kontinuierlich zu folgen. Schließlich erreichte Klausi das höhere Gras und beschäftigte sich intensiv mit einer Stelle. Nun wurde natürlich auch ich neugierig und eilte zum Ort ihres Interesses. Dort fand ich dann den Rehbock. Mit Waidwundschuss bereits verendet. Da sage noch einer, eine Kuh tauge nichts auf der roten Fährte.

Die Flaschenkanzel

Der Herbst zog ins Land und damit begann die Zeit, sich intensiv mit der Frischlingsbejagung zu beschäftigen. Überall im Revier fanden sich frische Gebreche, und es galt, die Sauen an einer exponierten Stelle festzumachen. Diese fand sich direkt unter einer alten, Unmengen an Eichelmast tragenden Eiche, an der der Boden bereits wie gepflügt schien. Zudem war kurz unterhalb der Krone ein kleiner Sitz an den Stamm genagelt, der den eindeutigen Schluss zuließ, dass bereits meine jagenden Vorgänger diesen Platz geprüft und für gut befunden hatten. Was lag also näher, als versuchsweise einige Hände Mais unter diesem urwüchsigen Baum zu verteilen und auf mögliche Resultate zu warten? Und die kamen, und zwar schneller als gedacht. Schon am nächsten Tag konnte ich die Ausmaße des nächtlichen Treibens in Augenschein nehmen. Kein einziges Körnchen Mais war den aufmerksamen Schwarzkitteln entgangen, der Platz selbst glich einem Sturzacker. Also nochmals die neu entstandene Kirrung beschickt, und bereits am späten Nachmittag pirschte ich erwartungsfroh Richtung Eiche. Vorsichtig erstieg ich die doch bereits recht altersschwache Leiter, deren Sprossen bei jedem Schritt bedenklich knirschten. Bloß nicht viel bewegen, hieß die Devise, und die Füße möglichst auf drei Bodenbretter verteilen, denn auch an diesen hatte der Zahn der Zeit in bedenklicher Wiese genagt. Glücklicherweise brauchte ich nicht allzu lange in dieser verspannten Haltung zu verharren, denn keine halbe Stunde später knackte es bereits in der hinter mir liegenden Fichtenschonung. Deutlich hörbar zog die

Rotte immer dichter und verharrte an der Deckungskante. Schon schoben sich die ersten Frischlinge auf den Holzabfuhrweg, den ich eben noch zum Aufmarsch genutzt hatte. Vorsichtig und immer wieder sichernd folgte die Bache. In der sicherlich nicht unbegründeten Befürchtung, die Bache könnte auf meine Spur stoßen und ihren Nachwuchs beunruhigt wieder in die Dickung zurückführen, wollte ich jetzt schnell zum Schuss kommen. Also schob ich den Repetierer über die Brüstung und visierte einen etwa vierzig Meter entfernt bereitstehenden Frischling an. Dabei war ich jedoch gezwungen, das Gewicht der Füße ein wenig zu verlagern. Mein maroder Ansitz reagierte sofort mit einem lauten Ächzen und Stöhnen. Die besorgte Bache erstarrte zur Salzsäule, wendete dann blitzartig auf der Hinterhand, dabei warnende Grunzlaute ausstoßend. Doch im selben Moment sprach die 9,3, und der beschossene Frischling lag im Feuer.

Auf die übrige Rotte wirkte der Geschossknall wie eine Sprengbombe: Panikartig spritzte die gesamte Mannschaft in alle Himmelsrichtungen auseinander. Ich verharrte auf meinem luftigen Sitz und konnte noch geraume Zeit die Bache in der Dickung vernehmen, wie sie ihre verbliebenen Sprösslinge mit Lockrufen zusammenrief.

Mir jedoch kamen erste schwer wiegende Bedenken hinsichtlich der Sicherheit meines neu bezogenen Ansitzes. Doch es bedurfte noch eines drastischen Beweises, um mich von der Untauglichkeit oder besser vom totalen Verfall zu überzeugen. An diesem Abend jedenfalls zog ich hoch beglückt mit meinem ersten vorpommerschen Frischling nach Hause.

Bereits zwei Tage später entdeckte eine andere Rotte (oder war es dieselbe?) den Ort der Köstlichkeiten und ließ es sich, nach dem Ausmaß der Verwüstung zu schließen, außerordentlich munden. Am Samstagabend eilte ich dann, ein wenig verspätet, hastig der Kirrung zu. Quiekend und knackend strebten allem Anschein nach auch andere, vierbeinige, Waldbewohner dieser beliebten Stelle zu, jedoch parallel zu mir in der bereits bekannten Fichtendickung. Also nahm ich die Beine in die Hand und erreichte glücklich mein antiquiertes Gerüst. Kaum hatte ich meine hohe Warte erklommen, erschienen auch schon die ersten Frischlinge vertraut und zielstrebig auf der Bildfläche, um sich ungeniert den verstreuten Leckereien zu widmen. Da der Wind nicht hielt, was er versprach, wartete ich auch diesmal nicht lange, und sobald der erste jugendliche Schwarzkittel breitzog, krümmte sich der Zeigefinger. Mit einer tiefen Flucht, seiner letzten, verschwand dieser im nicht einsehbaren Gestrüpp.

Bei der Beobachtung dieses Geschehens achtete ich leider nicht auf die doch so wichtige Fußstellung und die entsprechende Gewichtsverteilung auf den Bodenbrettern, sodass ich nur noch eines erwischte. Die Folgen dieses unbedachten Handelns ließen nicht lange auf sich warten. Es knackte, und schon befand ich mich, glücklicherweise nur mit einem Fuß, im luftleeren Raum. Nur mühsam konnte ich mich aus dieser sicherlich sehenswerten Pose befreien, um dann mit aller Vorsicht und leicht zitternden Knien den Abstieg zu versuchen.

Damit war das Kapitel Eichensitz ein für alle Mal für mich abgeschlossen, und ich wandte mich der Suche nach einem geeigneten Platz für einen neuen Hochstand zu. Diesen fand ich etwa 200 Meter weiter. Direkt am Weg lag eine bereits stark gelichtete Eschenkultur, die von den übrigen drei Seiten von einem wahren Fichtendschungel umgeben war. Zahlreiche Wechsel führten kreuz und quer durch die ungefähr 300 Quadratmeter große Fläche, und bereits am nächsten Tag bat ich den Förster um handfeste Unterstützung.

Die Aufgabenverteilung war schnell geregelt. Während ich für die Beschaffung des Materials wie schwache Fichtenstämme und Nägel verantwortlich war, versprach der Förster, die Waldarbeiter mit der Errichtung zu beauftragen. Termingerecht rückte ich das Holz an Ort und Stelle, stellte die Nägel daneben und legte eine Flasche Jägermeister, sozusagen für das Richtfest, dazu. Als ich zwei Tage später nach Dienstschluss in den Wald fuhr, stand sie da, eine solide, nach oben hin offene Kanzel. An den Fußbodenbrettern hing die geleerte Jägermeisterflasche. Damit stand der Name dieses Ansitzplatzes fest, der mir in den nächsten Jahren noch so viel Anblick und Waidmannsheil bescheren sollte: die Flaschenkanzel.

Ein nächtliches Abenteuer

Dezember – Rauschzeit des Schwarzwildes. Dazu sandte uns Petrus einen wolkenverhangenen Himmel, und Frau Holle ließ langsam, aber stetig dicke weiße Flocken auf den leicht überfrorenen Waldboden rieseln. Bereits gegen 18 Uhr lag ein feiner, weicher, pulvriger

Teppich über Feld und Flur, und ein Ende war nicht abzusehen. Was lag also näher, als die Flaschenkanzel aufzusuchen und, so hoffte ich zumindest, gebührend einzuweihen?

Doch da machte mir der Wind einen gehörigen Strich durch die Rechnung. Denn würde ich den üblichen Holzabfahrweg zum Anmarsch nutzen, so musste dieser meine Witterung genau in Richtung auf die Sauen tragen, sodass diese vorzeitig über den ungeliebten abendlichen Waldbesucher informiert sein würden. Es blieb somit nur die Möglichkeit, den gesamten Waldkomplex pirschenderweise zu umschlagen. Ich stellte meinen Wagen also an den Klintwiesen ab, stieg aus demselben, schulterte die 9,3 und horchte erst einmal stumm in den winterlichen Wald. Doch was von dort an mein Ohr drang, hatte wahrhaftig wenig mit der berühmten und immer wieder gern zitierten Ruhe des Winterwaldes zu tun. Ganz im Gegenteil: In diesem Wald war der Teufel los. An allen Ecken und Enden schreckte das Rehwild, links aus der Fichtendichtung ertönte der tiefe Bass eines älteren Bockes, vor mir aus dem Hochwald mit seinen sicherlich 120-jährigen Buchen und Eichen vernahm ich den moderateren Ton eines jüngeren Stückes. Dazwischen ertönte das helle Quieken aufgeregter Frischlinge sowie das empörte Kreischen älterer Sauen, denen ein allzu hitziger Keiler vor der Zeit zu nah auf die Schwarte zu rücken drohte. Dazu tapste, wechselte, raschelte, knirschte und knackte es aus allen möglichen und unmöglichen Richtungen.

Dass ein derartiges akustisches Szenario mich nicht unberührt lassen konnte, wird sicherlich jedermann verstehen!

Ich packte also den Gewehrriemen fester und marschierte so leise und vorsichtig wie möglich durch den lockeren, pulvrigen Schnee. Zu allem Überfluss mümmelte ein einsamer Waldhase mitten auf dem Damm, der das Moor und die Klintwiesen voneinander trennte und für mich die einzige Möglichkeit bot, in den eigentlichen Wald einzudringen. Behutsam setzte ich einen Fuß vor den anderen und näherte mich so langsam, aber stetig diesem kleinen Kerl. Schon bewegten sich nervös und beunruhigt die langen Löffel, und mit einem großen, eleganten Satz sprang der Hase zurück ins erlenbestandene Moor.

Nachdenklich betrachtete ich die Distanz von etwa fünfzig Metern und ging mit mir und meinen Pirschkünsten erst einmal ins Gericht. Dann ging es, nun noch disziplinierter, weiter in den Wald hinein. Einen Augenblick hielt ich inne, um die Lage zu orten. Das Rehwild war inzwischen völlig verstummt, doch die Sauen verhielten sich dafür umso ungenierter.

Mit lautem Geschnaufe und Getöse zog eine Rotte nicht weit von mir – ich konnte es kaum glauben – in Richtung Flaschenkanzel. Also eilig quer durch den lichten Bestand hinterher, wobei jedoch die geschlossene Schneedecke ihren Nachteil zeigte. Denn dezent deckte sie all die kleinen, feinen, ach so zerbrechlichen Zweige zu, die so weithin hörbar knacken, wenn man auf sie tritt. So vorsichtig ich auch durch den Schnee schlich, ich konnte es nicht vermeiden, den einen oder anderen dieser hinterhältigen Krachmacher zu erwischen.

Und so kam es, wie es kommen musste. Ich erreichte zwar verschwitzt und ein wenig außer Atem die Schneise, an der die Flaschenkanzel emporragte, aber von schwarzen Borsten oder gar älteren Keilern war weder etwas zu sehen noch zu hören. Etwas verärgert und mit mir selbst hadernd stand ich bedeppert auf dem Weg und überlegte gerade, ob ich nicht lieber nach Hause gehen sollte, da knackte es rechts vor mir im Bestand. Ein Frischling zeigte schüchtern sein jugendliches Haupt und sicherte auf die Schneise. Diese Prüfung verlief allem Anschein nach zu seiner Zufriedenheit, denn er setzte sich danach unbekümmert Richtung Schneise in Bewegung, um diese, hier und da ein wenig im Schnee brechend, zu überqueren, und das keine vierzig Meter vor mir.

Leicht hätte ich diese kleine Wutz strecken können, doch heute Abend wollte ich mehr, und es kam.

Denn plötzlich wimmelte der ganze Bestand von Sauen aller Größen- und Altersklassen. Längst hielt ich den Repetierer schussbereit in den Händen, doch bei all dem Gewusel ließ sich ein Schuss guten Gewissens nicht anbringen. Die Rotte wechselte in Höhe der Flaschenkanzel über den Weg, wobei eine große Bache genau vor dieser verhielt und kurz nach oben windete. Ob dies nun ein Zufall war oder diese erfahrene Bache wusste, dass sich auf diesen merkwürdigen Holzgestellen ab und zu Gefahr bringende Menschen mit Schießstöcken befinden, überlasse ich der Fantasie meiner Leser.

Ich jedoch ließ tief enttäuscht die Waffe sinken und blickte sehnsüchtig der langsam entschwindenden Rotte hinterher. Diese Chance jedenfalls schien vertan.

Doch dann löste sich noch ein schwarzer Schatten aus dem gegenüberliegenden Bestand. Ein Klotz in Schwarz, unschwer als stärkerer Keiler zu erkennen, wechselte über den Weg, um den Anschluss an seine Liebsten und die damit verbundenen Sinnesfreuden nicht zu verlieren. Schon lag die Waffe wieder im Anschlag, und als der Basse die Mitte des Weges erreichte, ließ ich fliegen. Der Keiler zeichnete kurz, um dann hochflüchtig der Dickung zuzustreben. Momente später verschlang ihn die Fichtendickung, und ich blieb allein in dieser Szenerie zurück.

Wenig später inspizierte ich den Anschuss, dem ich entnahm, dass ich unzweifelhaft einen Waidwundschuss angebracht hatte.

Und damit fing das nächtliche Abenteuer erst richtig an. Denn die Fichtendickung, die der Keiler eben blitzartig angenommen hatte, war für mich nur kriechenderweise zu überwinden. Damit stand für mich auch der Ausgang eines möglichen Zusammentreffens, gleichgültig, ob zufällig oder bewusst provoziert, von vornherein fest, nämlich ein eindeutiger Punktsieg, wenn nicht sogar ein K.o.-Sieg meines Kontrahenten. Als mir dann noch die altbekannte Volksweisheit »Wer sich in Gefahr begibt, kommt darin um!« in den Sinn kam, brach ich die Operation »Schneekeiler« erst einmal ab und fuhr nach Hause, um den weiteren Schlachtplan zu überdenken.

Einige hektische Telefonate folgten, und nach kurzer Zeit fanden sich meine Jagdfreunde Achim und Uwe zu einer erweiterten Krisensitzung ein. Nach einigem Hin und Her rieten mir beide, einen langjährigen Terrierzüchter und pensionierten Jäger aus dem Dorf zu konsultieren. Sowohl der Führer als auch die Hunde konnten auf eine gehörige Portion an Erfahrung zurückblicken. Fragen kostet bekanntlich nichts, also ran ans

Telefon. Ich hatte Glück und Burkhart war zu Hause. Wie es sich für einen »gesetzteren« Waidmann geziemt, hörte er sich den hektisch herausgesprudelten Bericht erst einmal in Ruhe an. Nach einer für meine Begriffe viel zu langen Bedenkzeit gab er mir den guten Rat, die Angelegenheit für heute auf sich beruhen zu lassen und lieber auf den morgigen Tag zu setzen. Aus heutiger Sicht kann ich dieser Empfehlung nur voll und ganz beipflichten, doch damals fiel ich aus allen Wolken. Denn, Hand aufs Herz, welcher junge Jäger, der glaubt, seinen ersten stärkeren Keiler erlegt zu haben, lässt sich mit solch einem Vorschlag schon gern vertrösten? Ich setzte also all meine Überredungskünste ein, argumentierte mit der stetig anwachsenden Schneedecke, kramte alle möglichen und unmöglichen Gründe für eine sofortige Nachsuche hervor, bis mein telefonisches Gegenüber schließlich nachgab.

Eine halbe Stunde später standen wir mit vier Jägern und zwei Terriern am vermeintlichen Anschuss, denn der war, wie auch die Fluchtfährte, inzwischen völlig eingeschneit und von jungfräulich weißem Schnee bedeckt. Doch davon ließ sich die feine Terriernase natürlich nicht beeindrucken, und die Hunde, übrigens Mutter und Sohn, gebärdeten sich dann auch entsprechend unbändig. Fest im Riemen liegend, zogen die beiden zielstrebig Richtung Fichtendickung und bestätigten meine Angaben in Sachen Fluchtrichtung. »Hier am Riemen weiter in diesem Gestrüpp suchen zu lassen und hinterherzukriechen, ist für Hunde und Führer reiner Selbstmord, wenn die Sau noch lebt«, konstatierte Burkhart, und wir alle konnten nur heftig zustimmend mit dem Kopf nicken.

Nach kurzer Abstimmung verteilten wir uns um die etwa einen Hektar große oder besser kleine Dickung und harrten der Dinge, während Burkhart seine Hunde schnallte. Diese ließen sich auch nicht zweimal bitten und stürmten mit lautem Hals in den stacheligen, grünen, jetzt weiß überzuckerten Dschungel.

Ich richtete mich innerlich auf eine längere Verweildauer ein und ließ mich auf einem Baumstumpf nieder, als die Hunde bereits giftig Standlaut gaben. Dies ließ den so abrupt aufgemüdeten Bassen natürlich nicht unberührt, und mit wütendem und Furcht erregend klingendem Wetzen seiner Waffen setzte er sich gegen seine flinken, leichtfüßigen Peiniger zur Wehr. An den wankenden Fichten und dem dort rieselnden Schnee war unschwer zu erkennen, dass sich das ganze Getümmel keine dreißig Meter vor mir abspielte und anscheinend beide Seiten keine Anstalten machten, das Schlachtfeld zu wechseln. Mit anderen Worten, die Hunde hatten die Sau fest. Damit, so glaubte ich, war für mich der Augenblick gekommen, kompetent, überlegt und natürlich auch erfolgreich in das Geschehen einzugreifen. Also die große Stabtaschenlampe in die linke, den 357-Magnum in die rechte Hand und ab ging es auf allen vieren dem Schlachtenlärm entgegen. Damit aber verließ mich auch schon ziemlich abrupt mein ganzer Heldenmut. Kalter, nasser Schnee, vermischt mit stacheligen Fichtennadeln fiel mir ins Genick. Dieselben drückten ebenso unangenehm in die Handflächen, auf denen ich mich langsam in dem tunnelartigen Unterbewuchs fortbewegte. Auch die Knie oder besser die ganze Hose saugte sich mehr und mehr mit Wasser voll. Immer dichter kroch ich an den Kampfplatz.

Immer deutlicher vernahm ich die verbellenden Teckel und das Wetzen des Keilers. Kaum mehr fünfzehn Meter trennten mich von dem ganzen Spektakel, wobei die dichten tief herabhängenden Fichten nur ab und zu die Läufe der Kontrahenten freigaben.

Auch mir klapperte des »Gebrech«, jedoch nicht vor Kälte, sondern eher aus Nervosität. Nun beging ich den verhängnisvollen Fehler, die Taschenlampe in Richtung der manchmal sichtbaren Extremitäten zu halten, um ein wenig mehr Klarheit über den aktuellen Stand der Auseinandersetzung zu gewinnen. Dies wiederum erregte allem Anschein nach den Unmut des ohnehin schon arg gepeinigten Keilers, und er beschloss, diese Provokation nicht ungestraft zu lassen. Die Spitzen der Fichten wackelten, Zweige knackten und splitterten, als er einer Dampfwalze gleich auf mich zukam. Die Nerven zum Zerreißen gespannt, im Stillen zu allen Heiligen betend, hielt ich den Revolver in Richtung Feind und drückte ab, eher aus dem Gefühl heraus, die Entfernung könnte passen. Innerlich rechnete ich bereits mit einem Zusammenstoß mit dem an Kraft weit überlegenen Gegner, da nahm ich völlig überrascht wahr, dass sich die Sau, gefolgt von den Hunden, im Eiltempo spitz von mir wegbewegte. Schon hörte ich aufgeregte Schreie am Dickungsrand und kroch, so schnell es der Kriechgang eben erlaubte, wieder heraus. Alles lief zum Waldrand, und da ich zu Recht annahm, dass sich die weiteren Ereignisse ebenfalls dort abspielen würden, lief ich einfach hinterher.

Dort bot sich nun ein einmaliges Bild. Der Basse auf der schneebedeckten Wiese, gestellt von den beiden Hunden. Alles Weitere geschah eher aus einem Reflex heraus. Zwei- oder dreimal tief durchgeatmet, die Waffe angelegt, und raus war der Schuss auf etwa achtzig Meter. Schlagartig brach der Keiler verendet zusammen, während sich die Teckel wütend auf ihn stürzten.

So endete dieses nächtliche Abenteuer, wobei wir später außer dem Waidwundschuss keinen weiteren Einschuss finden konnten. Böse Stimmen behaupteten, dass der Keiler vor Schreck gestorben wäre, als ihm klar wurde, dass ein Wessi auf ihn geschossen hatte.

Nach dem Bergen saßen wir noch eine lange gemütliche Nacht auf meinem Hof zusammen, um uns mit Punsch auch von innen zu durchfeuchten.

Zurück blieb die Erkenntnis, dass die Saujagd eine der aufregendsten Jagden sein kann und dass es auch in Vorpommern Freunde gab, die einen nicht im Stich ließen und einem zur Seite standen.

Miteinander

Nach diesem jagdlichen Highlight holte mich dann der Alltag schnell wieder ein. Neben den umfangreichen beruflichen Aufgaben, die mich den größten Teil des Tages und häufig auch die darauf folgenden Abende stark beanspruchten, plagte meine Familie und mich ein weiteres elementares Problem: Die Heizung funktionierte nicht! Und das natürlich mitten im Winter mit einem Säugling im Haus, denn unsere Älteste hatte gerade das Licht der Welt erblickt.

Da stand ich nun einsam und verlassen vor unserer Schwerkraftheizung und dem Kohlekessel und haderte mit meiner ganzen akademischen Ausbildung. Denn was nützt dem Menschen all das Wissen über globale und nationale Wirtschaftsabläufe, wenn es ihn nicht in die Lage versetzt, einen vergleichsweise überschaubaren Heizungskreislauf zu verstehen.

Für alle Laien in Sanitär- und Heizungsfragen sei an dieser Stelle kurz die Funktionsweise einer Schwerkraftheizung erläutert: Die Anlage arbeitet nach dem bekannten physikalischen Prinzip, dass sich Wasser durch Hitzeeinwirkung ausdehnt und somit nach oben steigt. Damit benötigt das System keine aufwändigen Pumpensysteme, ja nicht einmal Strom, um einen Haushalt mit Wärme zu versorgen.

Meine Frau drängte aus verständlichen Gründen auf eine rasche Behebung dieser frostigen Zustände und bat mit allem Nachdruck um die Hinzuziehung eines Fachmanns. Ich sah bereits horrende Handwerkerrechnungen ins Haus flattern und dachte voller Grauen an den Kontostand. Denn eine junge Familie, die sich gerade Haus und Hof zugelegt hat, ist finanziell meist nicht auf Rosen gebettet. Ich sann also angestrengt nach einem Ausweg. Dann kam plötzlich die Erleuchtung, Nachbar Fredi besaß doch ebenfalls eine Schwerkraftheizung. Der müsste eigentlich helfen können. Dieser ließ sich auch gar nicht lange bitten und rückte kurzerhand mit seinem Handwerkskoffer an.

Hier mal kurz geschraubt, dort gezielt einige kräftige Hammerschläge angebracht, und schon fielen Rohrzange und Hammer wieder in die Werkzeugkiste. Schon kurze Zeit später loderte ein lustiges Holzfeuer unter dem Kessel, und die Heizkörper gaben eine wohlige Wärme ab.

Ich konnte über den technischen Verstand und die handwerkliche Fertigkeit meines Nachbarn nur staunen und fragte ein wenig eingeschüchtert nach dem Preis dieser Lehrstunde. Fredi winkte jedoch nur ab.

»Gib man eine schöne Flasche Bier aus, und dann hat sich die Sache! Unter Nachbarn hilft man sich, das ist doch Ehrensache. Was meinst du wohl, wo wir damals in der DDR geblieben wären, wenn da nicht einer dem anderen zur Seite gestanden hätte?«

Dann folgte ein langer und ausführlicher Bericht über dieses Kapitel deutscher Geschichte, nur ab und zu unterbrochen durch einen kräftigen Schluck aus der Bierflasche. Wie ein Schwamm sog ich all die Geschichten aus »der guten alten Zeit« in mich auf, die Berichte über all die kleinen und größeren Unzulänglichkeiten, die das Alltagsleben so belastet hatten.

Fredi stellte die geleerte Bierflasche auf die Werkbank und klopfte mir freundschaftlich auf die Schulter. »So, die Heizung hätten wir also wieder zum Laufen gekriegt. Das nächste Mal kannst du dir, wenn du ein wenig aufgepasst hast, selbst helfen. Und wenn nicht, weißt du ja, wo du deinen Nachbarn findest!«

Nachdenklich und auch ein wenig beschämt blieb ich zurück. Wie konnte ich so viel Hilfsbereitschaft nur wieder gutmachen? Doch die Gelegenheit kam schneller, als ich ahnte. Bereits während unseres Einzuges in unser frisch erworbenes Bauernhaus wunderte ich mich sehr über die Nutzung des etwa zweitausend Quadratmeter großen nachbarlichen Anwesens. Denn über- und nebeneinander gestapelt war das Areal übersät mit Teilen irgendwelcher Blockhäuser. Hier standen Seitenwände, dort lagerten irgendwelche Fensterteile, und alles eher behelfsmäßig abgedeckt und somit kaum gegen Wind und Wetter geschützt.

Bei einem sonntäglichen Klönschnack kamen wir dann auch auf das Lagergut zu sprechen, und ich erfuhr, dass ein alter Bekannter diese Hütten kurz nach der Wende irgendwo »organisiert« hatte. In diesem Moment erschien ein weiblicher Kopf auf der anderen Seite des Stallfensters, an dem wir gemütlich angelehnt standen. Fredis Frau, die sich allem Anschein nach ihre eigene Meinung über diesen eingelagerten Wohnpark gebildet hatte, tat diese auch in aller Deutlichkeit kund: »Schauen Sie sich diesen Müllhaufen an, Herr Feddersen. Und wenn Sie wüssten, was der liebe Herr Kollege meinem Mann alles versprochen hat! Nur für wenige Monate sei diese Zwischenlagerung geplant, dann würden sie am Strand als Ferienbungalows neu aufgebaut. Und was ist? Seit fast drei Jahren liegt das Zeug jetzt schon im Vorgarten und schimmelt vor sich hin. Ganz abgesehen von der versprochenen Pacht. Davon haben wir bis jetzt auch noch keinen Pfennig gesehen.«

Ich blickte ein wenig verwundert in die Runde.

»Gibt es denn gar keine vertragliche Regelung?«

»Und was für einen Vertrag es dazu gibt! Warten Sie mal, Herr Feddersen, den will ich Ihnen gleich mal zeigen!«, ereiferte sich die aufgebrachte Frau, und schon war der Kopf aus dem geöffneten Stallfenster verschwunden.

Wenig später hielt ich den so genannten Vertrag in Händen und … mir sträubten sich bei der Lektüre die Nackenhaare.

Ein konkretes Räumungsdatum enthielt dieses Papier natürlich nicht, und, was viel weitreichendere Auswirkungen nach sich ziehen konnte, das gesamte Risiko für unsachgemäße Lagerung und mögliche Witterungsschäden lag bei meinem lieben Nachbarn. Hier schien dringende Unterstützung nötig, und die beiden fragenden und gleichzeitig erwartungsvollen Augenpaare ließen keinen Zweifel daran, von welcher Stelle die Hilfe erwartet wurde.

Zwar gehöre ich nicht dem Berufsstand der Juristen an, aber einige Vorlesungen in Rechtswissenschaften durfte ich im Rahmen meines BWL-Studiums doch genießen. Auch dachte ich an die kaputte Heizung und die schnelle Hilfeleistung, sodass ich spontan meine Dienste anbot.

Bereits am nächsten Abend zogen wir beiden dann Richtung »Vertragspartner«. Nach kurzer Zeit im Auto und wenige Dörfer weiter standen wir dann vor dem Haus des potenziellen Bungalow-Händlers. Ich hatte mich für dieses denkwürdige Gespräch ganz bewusst in meine volle »Bankermontur« geworfen und den Ehrfurcht gebietenden dunkelblauen Wollmantel übergestreift. Und nun wartete ich, das sei gern eingeräumt, mit ein wenig klopfendem Herzen auf das, was nun so kommen sollte. Denn blamieren wollte ich mich vor unseren neuen Nachbarn natürlich auch nicht.

Nach einem etwas zögerlichen Klingeln öffnete sich dann die hübsch bemalte Friesentür des elegant hergerichteten Reetdachhauses. Spontan dachte ich, dass dieser Mann wohl bereits sehr viele Bungalows verkauft haben musste, um so viel Pracht finanzieren zu können. Umso eigentümlicher war jedoch, dass das Grundstück meines Nachbarn immer noch voll gepflastert mit den Dingern war.

Der Hausherr erschien, gekleidet mit einem Lacoste-Pullover, Bogner-Hosen sowie exklusiven Wildlederschuhen und natürlich, wie sollte es anders sein, mit einem jovialen, dabei etwas herablassend wirkenden Lächeln. Doch dann fiel der Blick auf mich, und das Lächeln des Mannes wirkte schon ein wenig verunsicherter. Etwas Lauerndes trat in seine Augen.

Kennen Sie das? Sie begegnen einem wildfremden Menschen, und spontan empfinden Sie eine starke Sympathie oder, wie ich in diesem Fall, eine sofortige abgrundtiefe Abneigung.

»Hast du etwa deinen Anwalt mitgebracht?«, fragte er schon ein wenig unsicher meinen Nachbarn.

Bevor dieser antworten konnte, zog ich das Gespräch mit einem kurzen Kopfnicken und formal-juristischer Miene an mich. »Fredi hat mich beauftragt, seine Rechte in Sachen ›Bungalowlagerung‹ Ihnen gegenüber zu vertreten. Sie glauben doch nicht, dass ich als sein Interessensvertreter hinnehmen kann, dass Sie zum einen seit Monaten mit der Pachtzahlung in Rückstand sind und zum anderen weit über die vereinbarte Zeit die Lagerung vornehmen, und das noch dazu völlig unsachgemäß. Ich gehe davon aus, dass die ausstehende Zahlung bis morgen Mittag erfolgt ist. Der bestehende Vertrag ist wegen Nichterfüllung Ihrerseits fristlos gekündigt. Für den Abtransport gewähre ich Ihnen eine Frist von einer Woche. Und erfüllen Sie dieser Forderungen nicht, wird es sehr, sehr ernst für Sie!«

Mit offenem Mund starrte mich der so unter massiven Druck Gesetzte an, während sein Kopf bedrohlich rot anlief. Immer wieder ließ er seinen entsetzten Blick über meinen blauen Tuchmantel, die sorgfältig gebundene Krawatte und die blaue, nadelstreifenbesetzte Bundfaltenhose gleiten.

Ich lächelte ihn freundlich an, nickte kurz und trat den Heimweg an, Nachbar Fredi im Schlepptau.

Bereits am nächsten Tag wedelte Fredi schon von weitem freudig mit den Geldscheinen, und pünktlich in der nächsten Woche war der Spuk verschwunden.

Fredi und ich saßen wieder beim Bier zusammen und blickten uns tief in die Augen. Dann begann Fredi zu lachen. »Wir sind doch ein wirklich gutes Team!« Na denn, Prost.

Eindrücke und Erfahrungen

Ein Großteil unseres Meinungsbildes und unserer Einstellungen wird – leider – durch Vorurteile und Klischees geprägt oder zumindest stark beeinflusst.

Und so klagten viele »Wessis«, insbesondere in den ersten Jahren nach der Wiedervereinigung, vehement und lautstark über die mangelnde Arbeitsmoral und die fehlende Arbeitsinitiative ihrer ostdeutschen Kollegen. Ich war und bin bis heute über derartige Pauschalaussagen ebenso verwundert wie verärgert, denn hüben wie drüben fanden und finden sich engagierte und fleißige Mitmenschen, aber auch, und das ist bestimmt nicht systemspezifisch, Leute, die die Arbeit nun einmal nicht gerade erfunden haben.

Mein erster Eindruck von der Leistungsbereitschaft der Kollegen in der ehemaligen DDR, den ich zumindest in meinen ersten beiden Jahren in einer mecklenburgischen Sparkasse gewonnen habe, war geprägt von einer großen Zahl bei uns beschäftigter Frauen, die häufig schulpflichtige Kinder zu Hause zu betreuen hatten, sich jedoch ganztägig mit Hingabe um die Wünsche und Belange der Sparkassenkunden kümmerten. Abends bis in die späte Nacht hinein saßen dieselben Mitarbeiterinnen wissbegierig und interessiert in Fortbildungsveranstaltungen und Seminaren, um sich die neue Finanzdienstleistungswelt zu erschließen. Es herrschten eine Aufbruchstimmung und ein Enthusiasmus, die auch den »Wessi« faszinierten.

Ich zumindest bin voller Bewunderung für die Leistungen, die in dieser Zeit nach der Wiedervereinigung erbracht wurden. Dass es hier und da auch Menschen gibt, die sich eine andere Lebensphilosophie zu Eigen gemacht haben, nämlich mit möglichst wenig Anstrengung und Arbeit durchs Leben zu kommen, tut dieser grundsätzlich positiven Erfahrung keinen Abbruch. Auf einige dieser Lebenskünstler durfte ich im Laufe der Jahre auch stoßen, und noch heute amüsiert mich die eine oder andere Begebenheit, die ich Ihnen natürlich nicht vorenthalten möchte.

Lassen Sie mich in die Zeit meiner Studienjahre zurückgreifen. Mein Schwiegervater betrieb ein mittelständisches Elektroinstallationsunternehmen in der Nähe unserer Landeshauptstadt Kiel, und ich hatte die ehrenvolle Aufgabe, während seines wohlverdienten Urlaubs die ordnungsgemäße Betreuung der verschiedenen Baustellen sicherzustellen. Dazu gehörte selbstverständlich auch, ab und an einmal unangemeldet aufzutauchen und nach dem Rechten zu sehen. Da ich bei dem geplanten Besuch einer Baustelle in der Innenstadt keinen Parkplatz in der unmittelbaren Nähe vorfand, stellte ich meinen Wagen in der nächstgelegenen Tiefgarage ab, um dann zu Fuß zum Ort der zukünftigen Elektrifizierung zurückzukehren. Daher benutzte ich auch nicht die übliche Zufahrtsstraße, sondern erschien quasi über den »Lieferanteneingang«. Der Erste, den ich in dem weiträumigen Innenhof bereits von weitem erblickte, war einer unserer Lehrlinge, der, einen Spaten in der Hand, allem Anschein nach beauftragt war, einen Kabelgraben auszuheben. Obwohl dieser Graben bislang eher zu erahnen als zu erkennen war, schien sich unser wackerer Experte in Sachen Erdarbeiten bereits ein wenig verausgabt zu haben. Denn nur in größeren Zeitabständen knirschte der Spaten in der lockeren Erde, und auch die zurückgeworfenen Erdbrocken ließen sich an einer Hand abzählen.

Gerade als ich mich anschickte, auf den müden Krieger zuzuschreiten, um ihm einige aufmunternde Worte zuzurufen, legte dieser sein Arbeitsgerät geradezu liebevoll schräg an einen großen Stein, um sich dann suchend, ja geradezu ängstlich umzublicken.

Einer plötzlichen inneren Eingebung folgend trat ich nicht aus dem Schlagschatten des Rohbaus, sondern zog mich zeitlupengleich hinter einen dicken Betonpfeiler zurück. Unser junger Freund ahnte nichts von dieser ungewollten Observation, ließ seinen Blick nochmals Richtung Neubau schweifen, in dem er wohl die übrigen Gesellen vermutete, und begann sein Werk der Zerstörung. Mit einem gezielten und kraftvollen Kick, der Bruce Lee zur Ehre gereicht hätte, trat er gegen den Eschenstiel des Spatens, der solch einer brachialen Gewalteinwirkung nichts entgegenzusetzen hatte und splitternd in zwei Teile zerbrach. Munter pfeifend und mit einem kaum für möglich gehaltenen Eifer klaubte er die beiden Stücke dann auf und eilte damit in den Rohbau. Ich folgte ihm und kam gerade rechtzeitig, um den Bericht aus seinem Munde anzuhören, aus dem tiefe Verärgerung über die unliebsame Unterbrechung seiner aufopferungsvollen Tätigkeit durch unzulängliches Material sprach. Von hartem Gestein war da die Rede, von härtestem Eifer und Einsatz, dem der Spatenstiel dann letztendlich nicht gewachsen gewesen sei. Mir blieb bei dieser Darstellung der Ereignisse mit ehrlicher Miene schlichtweg die Sprache weg.

Doch nun zurück in die vorpommerschen, sprich Kirchdorfer Zeiten. Über einen Arbeitskollegen erhielten wir die Anfrage, ob nicht ein weitläufiger Verwandter, der sich angeblich für die Landarbeit interessiere, ein wenig aushelfen könne.

Nun, gegen Unterstützung hatten wir grundsätzlich nichts einzuwenden, und der weitläufige Verwandte, Otto mit Namen, stellte sich am nächsten Abend vor. Ich betrachtete Otto bereits bei diesem ersten Kontakt ein wenig skeptisch, denn er war bereits mit seinen zwanzig Jahren nicht unerheblich aus den Fugen geraten, und seine fleischigen Finger mochten zwar Zigarette und Bierdose harmonisch umklammert haben, aber eine Forke oder Schaufel? Ich konnte es mir einfach nicht vorstellen. Doch er schwärmte derartig beeindruckend und in den höchsten Tönen von seinen langjährigen umfangreichen Erfahrungen in allen möglichen Einsatzbereichen und blickte mich dabei derartig bittend aus treuen Augen an, dass ich einfach nicht Nein sagen konnte.

Für das Wochenende war Stallmisten angesagt, und ich bat Otto, damit am Freitagmittag zu beginnen, ich selbst wollte dann gleich nach Dienstschluss so gegen 15 Uhr dazustoßen. Als ich dann zur vereinbarten Zeit vorsichtig um die Ecke spähte, flog in unregelmäßigen Abständen der eine oder andere Strohhalm aus der Tür, und auch der Misthaufen hatte sich nicht nennenswert vergrößert. Was in aller Welt hatte der Kerl nur die ganze Zeit getrieben? Einige Augenblicke später erschien ich dann in meiner Arbeitsmontur in der Stallgasse. Da stand Otto und blickte mich verlegen und mit sichtlich schlechtem Gewissen an, in der Hand eine ehemals zweizinkige Forke, denn eine Seite lag bereits abgebrochen an der Stalltür. Ratlos und gegen meine Verärgerung ankämpfend drückte ich ihm eine reguläre Mistgabel in die Hand und teilte die Aufgaben neu auf. Ich warf den Mist vor, während Otto für das Vorbringen und das Stapeln auf dem Misthaufen verantwortlich zeichnete.

Abends gegen 20 Uhr war dann nicht nur die Arbeit fertig, sondern auch Otto. Schweißgebadet, mit Blasen an den Fingern verlangte er keuchend sein Tagessalär. Auf meine Ankündigung hin, morgen wollten wir Kartoffeln graben, winkte er nur müde ab und schwankte aus der Stalltür. Ich habe Otto nie wieder gesehen.

Ein weiterer Prachtkerl, der mich die ersten grauen Haare kostete, stammte aus unserem kleinen Dorf und hörte auf den viel sagenden Spitznamen »Bürgermeister«. Denn wäre es nach seiner eigenen Beurteilung seiner Fähigkeiten und Fertigkeiten gegangen, hätten ihm längst sehr viel höhere politische Weihen zuerkannt werden müssen. So fühlte er sich auch stets verkannt von der ganzen Welt und kurvte tagsüber mit einem altersschwachen Fahrrad durch die Gemeinde, wobei er meist über die Ungerechtigkeit dieser Welt philosophierte. Ein guter Freund bat mich dann darum, den Bürgermeister, der mit seinem richtigen Vornamen Karl hieß, ab und an mit einfacheren Arbeiten zu betrauen, damit »der Junge nicht vom rechten Pfad abkomme«.

Nun denn, an mir sollte es nicht scheitern, und ich denke noch heute an den Tag, an dem Karl bei uns auf dem Hof erschien, fachmännisch um sich blickte und mit ernster, wissender Miene verkündete, dass hier ja noch einiges zu tun sei. Doch sogleich fügte er beschwichtigend hinzu, ich solle mir bloß keine Sorgen machen, denn nun sei ja er da!

Wie bereits erwähnt, das eine oder andere graue Haar hat mir der Bürgermeister dann doch beschert, und ich könnte sicherlich ein Buch füllen mit all den Überraschungen, die Karl im Laufe der Zeit für uns parat hatte. Doch ich möchte Ihre Langmut nicht unnötig strapazieren und es mit einer Episode bewenden lassen, die sich allerdings auch besonders tief in mein Gedächtnis eingeprägt hat.

Zu dieser Zeit stand das erste größere Familienfest in unserem Haus an, denn unsere zweite Tochter Annika sollte die christliche Taufe empfangen. Dieses festliche Ereignis nutzten wir, um einem Großteil unserer Tanten und Onkel, Neffen und Cousinen, Großväter und Großmütter unser neues schönes Anwesen in Vorpommern zu präsentieren. Wer jemals ein solches Fest organisiert hat, der weiß, wie viel Stabsarbeit notwendig ist, um daraus ein für alle Beteiligten, den Täufling vielleicht ausgenommen, gelungenes und erinnerungsträchtiges Erlebnis werden zu lassen.

Zur selben Zeit war es mir gelungen, etwa vierzehn Hektar Weideland anzupachten, die dringend der Einfriedung harrten.

Die Erdlöcher hatte ich bereits vorbereitet, die entrindeten Pfähle alle ordnungsgemäß verteilt. Es ging also wirklich nur noch darum, die Pfähle in die Löcher zu stecken, das Ganze mit Erde zu füllen und wieder festzustampfen.

Was lag also näher, als den Bürgermeister mit dieser verantwortungsvollen Aufgabe zu betrauen? Dieser sicherte mir auch spontan seine volle Unterstützung zu und beendete die Lagebesprechung mit den markigen Worten: »Mach dir keinen Kopf, das kriege ich allein hin!«

Ob dieser Zusicherung beruhigt, erlebten wir mit unserer großen Familie einen wundervollen Tauftag, und erst am Abend fand ich die Muße, einen Blick auf meine neuen Koppelpfähle zu werfen. Befremdet stellte ich jedoch fest, dass die Pfähle mit zunehmender Strecke immer höher aus dem Erdloch ragten, obwohl doch alle auf ein und dieselbe Länge gesägt waren und auch die Löcher, die ich mit einem Erdbohrer ausgehoben hatte, alle ein Standardmaß aufwiesen. Flugs eilte ich zu den am höchsten aufragenden Pfählen und konnte sie quasi mit einem Fingerschnipsen wieder aus ihrer aufrechten Stellung herauskatapultieren. Hatte doch dieser Trottel immer mehr Erde in die Löcher gefüllt, bevor er den jeweiligen Pfahl darauf platzierte.

Zur Rede gestellt, kratzte sich unser Bürgermeister den Hinterkopf und meinte, man hätte doch sonst so wenig von der schönen Holzmaserung gesehen. Fällt Ihnen dazu noch irgendetwas ein? Mir jedenfalls nicht. Wenn ich mir jedoch die Großtaten unserer Politiker ins Bewusstsein rufe, dann muss ich ehrlich gestehen, habe ich mit meinem Bürgermeister noch sehr viel Glück gehabt.

Unverhofft kommt oft

Wer von uns kennt es nicht? Tage- oft Wochenlang pirschen wir durch Feld und Flur, investieren ungezählte Stunden auf dem Hochstand oder dem Ansitz, schlagen uns ganze Nächte um die Ohren – und der Erfolg? Null!

Zwar konnten wir die stillen Stunden im Wald genießen, uns vom Quorren und Pfuizen der Schnepfen während ihres eleganten Fluges verzaubern lassen, dem melancholischen Lied des Kauzes lauschen, wir konnten unsere Seele baumeln lassen, ein wenig Abstand gewinnen vom Räderwerk des Alltags, das uns sonst doch so fest und unerbittlich gefangen hält. Aber nach einer gewissen Zeit, so geht es zumindest mir, wird das Streben nach der gewünschten Beute übermächtig. Der einsame Waldhase, der anscheinend ziellos kreuz und quer durch das Buchenaltholz hoppelt, wird anstandshalber zur Kenntnis genommen, aber das Sinnen und Streben des Jägers ist ausgerichtet auf die ersehnte Wildart, die Rotte Sauen oder den bestätigten Bock. Diese aber haben es dann wieder einmal vorgezogen, ihren Wechsel in eine andere Richtung zu verlegen, und zurück bleibt ein verdrossener Jäger.

Doch es gibt auch andere Momente, Momente, in denen Jäger und Gejagte unmittelbar zusammenprallen, unangekündigt und unvermutet. Schnelles Ansprechen, unmittelbares Entscheiden und Reagieren in Sekundenschnelle sind dann gefragt.

Für mich persönlich sind diese unerwarteten Wildbegegnungen die absoluten Sternstunden in der jagdlichen Praxis, heißt es doch, die eigene Auffassungsgabe und Handlungsfähigkeit an den wachen Sinnen des Wildes zu messen. Und, ich gebe es offen zu, häufig war ich der Unterlegene, doch einige Male auch der Schnellere.

Von zwei derartigen Begebenheiten möchte ich Ihnen berichten. Doch bevor ich es vergesse, darf ich Ihnen, sozusagen als Nachschlag, zwei weitere Akteure vorstellen, die aus einem besonderen Jagdtag einen außergewöhnlichen machten, nämlich Willi und Purzel. Willi, ein bildschöner gescheckter Shettiewallach, logierte seit etwa einem Jahr auf unserem Hof. Er zeigte eine stoische Ruhe und einen bemerkenswerten Langmut, der ihn als Kinderpony prädestiniert erscheinen ließ. Ob als Reitpony oder vor dem Schlitten oder einfach zum Tätscheln und Knuddeln – Willi machte alles mit. Alle meine Töchter lernten auf ihm reiten, bevor sie überhaupt laufen konnten, und wenn unsere Henrike, unser viertes Kind, einmal absolut nicht einschlafen wollte, wurde sie kurzerhand auf Willi gesetzt. Nach zwei Runden im gemächlichen Schritt war sie dann sanft eingeschlummert. Willi hatte nur eine unangenehme Eigenschaft: Entdeckte er auch nur die kleinste Lücke in der Koppeleinzäunung, ging er auf Wanderschaft.

Purzel hingegen war ein putzmunterer, agiler Mischlingshund im Terrierformat, der unseren Nachbarn in verwahrlostem Zustand zugelaufen war. Nachdem diese ihn mit etlichen Rationen Futter wieder aufgepäppelt hatten, erkor sich Purzel ihren Hof zur dauerhaften Wohnstätte, und auch wir durften immer mit einer kurzen Stippvisite rechnen.

Doch nun erst einmal zu den jagdlichen Erlebnissen. Die Blattzeit war angebrochen, und damit waren die Brunftaktivitäten des Rehwildes auf ihrem jährlichen Höhepunkt. Für die Jäger ist diese Phase des Jahres eine der Höhepunkt der Jagdsaison. Doch die Blattzeit schien in diesem Jahr im wahrsten Sinne des Wortes ins Wasser zu fallen, denn es regnete fast ununterbrochen. So hatte sich der Anblick bisher auf einige mittelalte Böcke beschränkt, die allesamt noch zu schade für die Büchse gewesen wären. Also blieb das Schussbuch bislang leer. Auch dieser Sonntag hatte mit Dauerregen begonnen, doch am frühen Nachmittag lockerte der Himmel auf und auch die Sonne lugte immer mehr durch die Wolkendecke. Was lag also näher, als einen kleinen bewaffneten Spaziergang entlang der Klintwiesen zu unternehmen? Die 9,3 x 62 sorglos an der rechten Schulter, marschierte ich los. Doch nach kaum fünfzig Metern wackelten die hohen Riedhalme, als wenn ein Sturmwind durch sie hindurchfahren würde. Im selben Moment klatschte es keine fünf Meter neben mir in dem tiefen Abzuggraben, der die eigentlichen Klintwiesen vom Hauptweg trennte, auf dem ich mich befand.

Einen Wimpernschlag später erschien ein Schmalreh oder eine Ricke, so schnell konnte ich dies nicht erkennen, am Grabenrand und überfloh flüchtig den Weg.

Doch das Wackeln im hohen Gras endete nicht, im Gegenteil, es wurde stärker. Blattzeit ... Ricke ... jetzt kommt der Bock, fuhr es durchs Jägerhirn. Da tauchte auch schon das gehörnte Haupt an der Grabenkante auf. Wie von selbst lag schon der Repetierer an der Schulter und das Auge suchte durch das achtfache Zielfernrohr das Ziel. Starker Träger, links zurückgesetzte Sechserstange, rechts irgendwie verdreht – der passt. Im Knall rutschte der Bock zurück in den Graben. Ein letztes Schlegeln. Ende.

Von tiefem Jägerglück erfüllt, schritt ich zum Anschuss drei Meter vor mir. Während ich den Bock aus dem Graben zog, setzte wieder ein feiner Nieselregen ein. Doch was störte mich das bei diesem Erlebnis und dem sechsjährigen Bock, dessen rechte Stange fast waagrecht vom Haupt weglief, mit einem tiefen Riss versehen war und dann fast im 90-Grad-Winkel nach oben wies? Ein Abnormer.

Bereits am frühen Abend war das Haupt fertig abgekocht und lag zum Auskühlen auf der Fensterbank. Eine weitere Steigerung konnte dieser Tag eigentlich gar nicht mehr erfahren, so dachte ich zumindest, bis ich unseren Willi im forschen Trab die Auffahrt Richtung B 96 hinuntermarschieren sah. Die B 96 verband Greifswald mit Stralsund und war entsprechend stark befahren. Mir sträubten sich die Nackenhaare, und ich erwartete jeden Moment das Geräusch quietschender Reifen, während ich Willi zielstrebig Richtung Greifswald abbiegen sah. Ich alarmierte meine Frau und Nachbar Fredi, und gemeinsam nahmen wir im Auto die Verfolgung auf. Diese gestaltete sich insofern recht einfach, als sich neben der modernen Bundesstraße die alte mit Kopfsteinpflaster befestigte Landstraße dahinzog. Wir brausten also auf dem Kopfsteinpflaster dahin, um Willi und den mittlerweile zwei Kilometer langen Stau, der sich hinter ihm gebildet hatte, zu überholen. Bei aller Hektik und Nervosität konnten wir dabei doch etwas amüsiert feststellen, dass Willi die Grundbegriffe des deutschen Verkehrsrechts geläufig waren, denn er trabte konsequent auf der rechten Straßenseite, wenn auch ziemlich in der Mitte. Hinter ihm war es einem Busfahrer glücklicherweise gelungen, rechtzeitig abzubremsen und mit Warnblinklicht die übrigen Autofahrer auf den ungewöhnlichen Verkehrsteilnehmer aufmerksam zu machen. An der nächsten größeren Kreuzung gelang es mir dann, einen genügenden Vorsprung herauszufahren, um Willi auf der Straße stehend zu erwarten. Mit einem großen, leuchtend roten Apfel ließ er sich dann auch davon überzeugen, dass es besser war, die Exkursion zu unterbrechen und sich an dem appetitlichen Obst zu stärken. Erleichtert führte ich ihn von der Straße und blickte auf den inzwischen sicherlich auf fünf Kilometer angewachsenen Stau, der sich nur langsam auflöste. Viele böse Gesichter zogen an mir vorüber, doch einige winkten mir auch freundlich zu.

Kaum stand Willi wieder wohlbehalten in seiner Stallbox und tat, als wäre nichts passiert, ereignete sich die nächste Katastrophe. Denn während ich der Küche zustrebte, um mir endlich das meiner Ansicht nach wohl verdiente, gut gekühlte Bier zu genehmigen, blickte ich zufällig aus dem Fenster und erstarrte vor Schreck. Lief da doch gerade Purzel um die Hausecke, im Fang mein abgekochtes Rehhaupt und triumphierend mit dem Schwanz wedelnd. Ich ließ Bier Bier sein und spurtete von der anderen Seite um das Haus. Wie erwartet trafen wir beiden an der Haustür zusammen, und nach einem kurzen, aber heftigen Gerangel um die begehrte Trophäe zog Purzel schließlich resigniert ab, während ich als Sieger am Ort blieb. Was für ein Tag!

Etwa sechs Wochen später führte mich ein morgendlicher Spaziergang erneut an den Klintwiesen vorbei. Die Sonne war bereits in voller Pracht aufgegangen, und es schien, als ob die ganze Vogelwelt den neuen Tag gemeinsam begrüßen wollte, so sang, flötete und jubilierte es an diesem Morgen. Gerade erreichte ich die Stelle, an der die Begegnung mit dem Bock stattgefunden hatte, und ich gedachte noch dieses aufregenden Ereignisses, da raschelte und wackelte es erneut im hohen Gras. Schon erschienen die Teller einer starken Bache am Grabenrand, und ohne im Mindesten von mir Notiz zu nehmen, wechselte sie zwanzig Meter vor mir über den Weg. Hinter ihr im Gänsemarsch trotteten acht starke Frischlinge her, von denen einer den tödlichen Fehler beging, kurz vor mir zu verhoffen. Ich fand den Frosch etwa dreißig Meter vom Anschuss bereits mit Kammerschuss verendet.

Glücklich ob dieser unverhofften Beute, fuhr ich nach Hause, und an diesem Tag störte nichts mehr die Freude an diesem gelungenen Jagdmorgen. Unverhofft kommt eben oft.

Nachsuche mit Oma

Was wäre der Jäger doch ohne seine Familie? Nichts oder zumindest wenig. Denken Sie dabei bitte nicht nur an die eigentliche Jagdausübung, sondern vor allem an all das, was dann folgt. Zum Beispiel die Wildbergung oder aber die Wildbretverwertung. Das Zerwirken besorgt man ja noch allein, aber das Portionieren, Einteilen, Einfrieren und vor allem das Reinigen der diversen Messer, Sägen und anderer Utensilien verschlingt unendlich viel an Arbeit und Zeit. Ich zumindest bin in dieser Hinsicht für jede Unterstützung dankbar. Auch bei der Entscheidung, in welchem Zimmer und an welcher Wand die geschätzte Trophäe ihre endgültige Heimstätte finden soll, ist aus meiner Erfahrung die Mitwirkung zumindest der Ehefrau, respektive des Ehemannes, ratsam. Zudem – gibt es denn etwas Schöneres, Erfüllenderes für einen Jäger, als wenn die Familie Anteil nimmt am jagdlichen Geschehen, sich mitfreut am jagdlichen Erfolg, aber auch mit leidet, wenn es eben einmal nicht geklappt hat, aber auch unterstützt und hilft, wenn Not am Mann ist?

Oma und Opa statteten uns einen Besuch in Kirchdorf ab. Dies war an sich nichts Ungewöhnliches, denn die beiden kamen so oft wie möglich, um ihren Enkel und dessen Ehefrau sowie ihre Urenkelinnen wieder zu sehen und die junge Familie so weit wie nur möglich bei allen anfallenden Arbeiten zu unterstützen. Wir freuten uns sehr auf diese Besuche aus der »alten Heimat«, denn sie waren uns ein Rückhalt und gaben uns das Gefühl, nicht vergessen worden zu sein. Auch wenn es ein wenig kitschig klingen mag; nichts auf der Welt ist wichtiger als starke Familienbande und das Wissen um sie.

Ein wenig erschöpft, aber dennoch fröhlich hupend und winkend fuhren Oma und Opa also am späten Nachmittag auf unseren Hof – eine beachtliche Leistung, denn Oma hatte gerade ihr 74. Lebensjahr vollendet, während Opa sogar noch auf zehn weitere Lebensjahre zurückblicken konnte. Nach einem deftigen Abendbrot und ein wenig »Klönschnack« begaben wir uns früh zu Bett. Ich selbst plante für den folgenden Sonntag einen Morgenansitz an den Klintwiesen. Dies schien mir besonders erfolgversprechend, da ich in der Vorwoche die seit Jahren nicht mehr genutzte Fläche erstmalig gemäht hatte, sodass dort anstelle der dschungelartig verwachsenen Brennnessel- und Distelbestände überall junges Grün spross. Zudem hatte ich eine neue Ansitzleiter an einem der verwachsenen Abzugsgräben errichtet, an die ich mich aufgrund des moorigen Untergrundes mit dem Mähwerk nur auf wenige Meter herangewagt hatte.

Voller Erwartung bestieg ich noch in pechschwarzer Nacht die Leiter und lauschte auf die vielfältigen Geräusche der Dunkelheit. Mit geschlossenen Augen spürte ich den leisen Wind, vernahm das gemächliche Rauschen der Erlen und Buchen, das leise Knispern und Knaspern der Mäuse, bis sich langsam die Sonne am Horizont erhob. Erst ein leichtes Dämmern, dann rosarote Farben in einem leicht dunstigen Himmel, bis sich der Sonnenball gelb und machtvoll über die Fichtenwipfel emporschob.

Am gegenüberliegenden Waldrand, etwa zweihundert Meter entfernt, zog eine Bache mit ihrem hell gestreiften Nachwuchs auf die kurz gemähte Wiese, um nach kurzem Brechen in dem anmoorigen Boden wieder zurück in eine Fichtendickung zu wechseln, allem Anschein nach ihr Tageseinstand. Nur kurze Zeit später wechselte ein einzelnes Stück, mit Sicherheit ein Überläuferkeiler, ebenfalls auf die Wiese, um dann im scharfen Troll ebenfalls die Fichten anzunehmen. Bei den spielerischen Zielübungen, denn für einen Schuss war die Entfernung einfach zu groß, fiel mir das erste Mal bewusst auf, dass die Ansitzleiter ein wenig wackelte. Nun, das würde sich im Laufe des Tages ohne großen Aufwand beheben lassen. Kaum gedacht, erschien auf demselben Wechsel, auf dem sich vordem die Sauen bewegt hatten, ein von der Statur her mittelalter Bock. Die Stangen schienen wenig vereckt zu sein und kaum über die Lauscher zu ragen. Ein Abschussbock?

Der Bock enthob mich erst einmal weiterer Spekulationen, denn er zog zwar nicht wie die Sauen vor ihm in die Fichten, dafür aber in den hohen Brennnesselbestand des Abzuggrabens. Wenig später tauchte er dann an der anderen Seite des Grabens auf, naschte an dem frischen Grün, um sich dann wieder in die Unkrauteinöde einzuschieben. Dieses Spiel wiederholte sich sicherlich noch ein Dutzend Male, wobei sich der Bock Meter und Meter meinem Ansitz näherte. Bei jedem seiner kurzen Auftritte wurde mir klarer, dass ich einen Abschussbock vor mir hatte. Kurze, dicke Stangen ohne jegliche Perlung zierten sein Haupt, die Vordersprossen höchstens zentimeterlang, Hintersprossen waren gar nicht erkennbar. Auf etwa 120 Meter entschloss ich mich zum Schuss, wobei mich das Jagdfieber heftig beutelte, wie immer, wenn der Zeitraum zwischen Erkennen und eigentlicher Schussabgabe so unendlich lange erscheint. Zu allem Überfluss verlagerte ich in dem Augenblick, in dem sich der Zeigefinger krümmte, das Gewicht ein wenig nach vorn, sodass die Ansitzleiter etwas kippelte. Im Schuss knickte der Bock leicht auf der Vorderhand ein, um dann mit einem weiten Satz im Brennnesselgewirr zu verschwinden. Danach herrschte Ruhe, vom Bock war weder etwas zu sehen noch zu hören. Mich plagte inzwischen auf meinem luftigen Sitz die bange Frage: Lag der Bock nun oder nicht, denn die Kugel hatte er unzweifelhaft erhalten? So entschloss ich mich, erst einmal vorsichtig am Anschluss vorbeizuschauen. Die Inaugenscheinnahme ließ mich jedoch auch nicht viel klüger werden, denn außer einigen undefinierbaren Wildbretfetzen und wenigen Schweißspritzern fand ich nichts Aussagekräftiges. Dass es sich jedoch mit an Sicherheit grenzender Wahrscheinlichkeit nicht um einen tödlichen Schuss handelte, wurde mir schon schmerzlich bewusst. Vorsichtig pirschte ich an die Grabenkante, um, so hoffte ich zumindest, dort weitere Pirschzeichen vorzufinden. Ich hatte die ersten Brennnesselhalme kaum berührt, da klatschte und rauschte es auch schon in dem nicht einsehbaren Teil des Grabens. Wäre der Bock geflüchtet, hätte ich ihn sehen müssen, er steckte irgendwo vor mir in dieser schmalen Unkrautwildnis. Also nahm ich erst einmal selbst den über einen Meter tiefen Graben an, um dort nach dem Rechten zu schauen. Doch kaum entdeckte ich auch nur ein Haar meines Kontrahenten, brach dieser wieder vor mir weg. Also wieder raus aus der schwärzlichen Brühe und von der Grabenkante her mein Glück versuchen. Nun begann ein nervenaufreibendes Versteckspiel, denn egal, von welcher Seite ich mich näherte, der Bock verstand es immer wieder, sich einem Fangschuss zu entziehen. Also ab nach Hause und Verstärkung holen!

Als ich zum Haus kam, war die Familie ausgeflogen. Glücklicherweise traf ich dann doch Oma an, die sich gerade mit der Bügelwäsche herumschlug. Sie wurde trotz anfänglichen Sträubens ins Auto komplimentiert, und ab ging es wieder in die Klintwiesen. Der Bock befand sich noch an Ort und Stelle, denn als Oma und ich parallel zum Graben, jeder auf einer Seite selbstverständlich, zum Ort des letzten Kontaktes kamen, schrie Oma plötzlich auf und fuchtelte wild mit den Armen hin und her. Im Graben ein Wälzen und Wogen.

»Das Untier wollte auf mich losgehen!«, rief Oma entsetzt und gleichzeitig entrüstet. Sie blickte sich kurz um, marschierte zum Waldrand und kehrte mit einem ansehnlichen Knüppel wieder zurück. »Diese Sperenzchen wollen wir ihm doch austreiben!«, erklärte sie grimmig, während sie den Stock bedrohlich Richtung Graben schwang.

Im zügigen Tempo schritt sie am selben entlang und schlug immer wieder kraftvoll auf die Brennnessel- und Distelnester ein, während ich mit entsicherter Waffe auf mögliche Reaktionen hoffte und wartete. Diese brachiale Angriffswelle wurde dem ohnehin schon arg strapazierten Bock dann doch zu viel. Der Träger erschien kaum zehn Meter vor mir an der Grabenkante, um im Schuss wieder zurückzurutschen.

Da stand ich nun vor meinem Grabenbock und freute mich über den glücklichen Ausgang dieser Jagd. Doch es überwogen bei weitem die Gewissensbisse über den schlechten Schuss, der beide Vorderläufe kurz vor dem Brustkorb zerschmettert hatte, ohne dabei die Kammer zu öffnen. Wie viel Schmerz und Leid hatte ich diesem Tier zugefügt, wie viele Ängste hatte es in der letzten Stunde ausgestanden. Auf meine Oma jedoch war ich stolz! Und ich bin es noch!

Das Grabenschwein

Manche Tage enden so, wie sie beginnen. Dieser Sonntagmorgen Anfang November begann entsprechend der Jahreszeit mit leichtem Nieselregen und wolkenbedecktem Himmel – eigentlich für unsere Breiten nichts Ungewöhnliches. Doch der Herbst hatte sich in diesem Jahr bisher nur von der schönen Seite gezeigt und uns einen außergewöhnlich langen und intensiven Indianersommer beschert. Zwar kündigten die kalten, frostigen Nächte und der morgendliche Raureif den kommenden Winter unmissverständlich an, aber die trockenen, sonnigen Tage sorgten für ein langes Nachklingen des Sommers. Also barg jener Morgen, dem ich blinzelnd durchs Küchenfenster entgegensah, keine besondere Überraschung, und doch trübte er die Stimmung.

Aufgrund dieser Wetterlage liefen unsere Rinder auch alle noch auf der Weide, da man auf das Aufstallen einstweilen guten Gewissens verzichten konnte und der Winter ohnehin noch lange genug dauern würde.

Ein kurzer Blick auf die Hauskoppel, ein schnelles Durchzählen beruhigten den aufmerksamen Hobbylandwirt, denn alle Mutterkühe samt Nachwuchs grasten friedlich und vor allem vollzählig auf der Hausweide. Zeit also, um sich anderen Pflichten zuzuwenden wie dem Säubern, Abschmieren und Einwintern der landwirtschaftlichen Gerätschaften wie Kehrer, Schwader, Kreiselmäher und Strohpresse. Ich lag gerade unter dem Letzteren, um auch noch den entferntesten Schmiernippel zu erreichen, als unerwartet ein Auto mit Vollgas auf den Hof preschte, mit quietschenden Reifen zum Stehen kam und ein lang anhaltendes Hupkonzert ertönen ließ. Das überfallartige Erscheinen meines Jagdfreundes Kurt ließ mich nichts Gutes ahnen. Entsprechend schnell und natürlich unvorsichtig arbeitete ich mich unter der Strohpresse hervor, was mir zum einen eine dicke Beule am Kopf einbrachte, aber auch zum anderen den Blick auf den heftig gestikulierenden Kurt eröffnete. Dieser war nämlich inzwischen seinem Wartburg entstiegen und rief mir schon von weitem zu: »Sag mal, hast du deine Viecher alle zum Baden in den Bodden geschickt?«

Etwas ungläubig blickte ich ihn an. »Was erzählst du denn da? Meine Tiere tummeln sich alle auf der Weide, ich habe doch gerade eben noch nachgeschaut!«

Ein flüchtiger Blick in die Runde bestätigte jedoch seine Aussage. Meine Herde glänzte durch Abwesenheit. Ich drehte mich zu Kurt um und deutete mit entsetztem Blick auf sein Auto, das sich langsam, dafür aber umso stetiger Richtung Hauswand bewegte, denn Kurt hatte bei all der Aufregung vergessen, die Handbremse zu ziehen. Todesmutig warfen wir uns vor den Wartburg und brachten ihn in letzter Minute, sprich einen Meter vor der Mauer, mit vereinten Kräften zum Stehen. Auf ähnlich kurze Distanz stoppten wir dann auch meine Rindviecher, bevor sie schwimmenderweise nach Rügen übersetzen konnten.

Damit wäre nach meinem Dafürhalten der Bedarf an Aufregungen für diesen Tag gedeckt gewesen, aber manche Tage haben es eben in sich.

Der Nachmittag sah mich mein morgendlich so abrupt unterbrochenes Tagewerk fortsetzen. Abschmieren, Ölen, Schrauben, Fetten und Polieren hinterließen natürlich ihre unübersehbaren und leider meist schlecht zu reinigenden Spuren auf Gesicht, Händen, Armen und Kleidung. Damit hatte ich natürlich gerechnet, und so trug ich meine ältesten Hosen und ein nicht mehr gesellschaftsfähiges Hemd, beides übersät mit Flicken, Löchern und Ölflecken.

Vertieft in meine diversen Schmiernippel, beobachtete ich einen südländisch wirkenden Mann, der sich langsam, suchend und neugierig blickend dem Haus näherte. Dabei steuerte er nicht die Haustür, sondern die offen stehende Werkstatttür an. Ehe er darin verschwinden konnte, rief ich ihn an. Erschrocken zuckte er zusammen. Offensichtlich hatte er mich in dem Stallgebäude weder gesehen noch vermutet. Während der Unbekannte seinen ersten Schrecken überwunden hatte und mir eilig entgegenschritt, kam mir unwillkürlich der Begriff »ausbaldowern« in den Sinn, und alle inneren Alarmlampen standen auf Rot. Kaum stand er mir direkt gegenüber, prasselte ein gewaltiger Wortschwall in gebrochenem Deutsch auf mich nieder, aus dem ich sukzessive »Krieg in Jugoslawien«, »Familie noch dort« und immer wieder das Wort »Spende« herausfiltern konnte.

Verstehen Sie mich bitte nicht falsch. Ich bin weder nationalistisch noch rassistisch eingestellt und zähle mich selbst zu den toleranten Menschenkindern. Doch zu diesem Zeitpunkt geisterten immer wieder merkwürdige Geschichten um ein Flüchtlingsheim in einer Ortschaft der näheren Umgebung durch das Dorf. Zudem wollten Gerüchte von wiederholten Übergriffen und vermehrten Einbrüchen wissen. Ob an diesem Dorfklatsch etwas Wahres dran war, konnte ich nicht beurteilen, doch diese Aussagen und das merkwürdige Verhalten des Mannes weckten mein Misstrauen. Alle alternativen Verhaltensweisen meinerseits und die daraus möglicherweise resultierenden Reaktionen meines Gegenübers gingen mir in diesem Moment durch den Kopf. Würde ich ihm einen größeren Geldbetrag aushändigen, wäre eventuell mit weiteren Besuchen, vielleicht gar ungebetenen zu nachtschlafender Zeit, zu rechnen. Würde ich den Bittsteller kurzerhand des Hauses verweisen, ohne auf seinen »Spendenaufruf« einzugehen, mochte dieser mit Verstärkung zurückkehren, um seiner »Anfrage« Nachdruck zu verleihen.

Guter Rat war hier teuer! Da fiel mir spontan mein im Auto liegender Geldbeutel ein, dessen Inhalt, wie ich wusste, aus spärlichen zwei Markstücken bestand. Ich wies auf mich und meine zerschlissene Kleidung und erklärte dem Mann mit freundlicher Stimme: »Sieh mich an, ich bin ein kleiner Bauer, und das meiste, das du hier siehst, gehört der Sparkasse. Jeden Tag kämpfe ich erneut um meine Existenz. Doch anscheinend geht es dir noch schlechter, deshalb will ich mit dir das teilen, was ich in meiner Geldbörse habe!«

Ich öffnete das Portemonnaie, zeigte ihm die beiden verloren wirkenden Geldstücke und drückte ihm eines davon in die Hand. Mit ernster Miene, innerlich jedoch amüsiert, blickte ich in sein enttäuschtes Gesicht. Doch ebenso schnell schloss er mich in die Arme und bedankte sich überschwänglich für meine Großzügigkeit. »Ich hoffe, ich konnte helfen!«, rief ich ihm noch nach, als er den Hof verließ. Ob ich dem armen Kerl Unrecht tat, weiß ich nicht. Von weiteren Anfragen dieser Art blieb ich jedoch in Zukunft verschont.

Um den Tag doch noch zu retten, entschied ich mich für einen stimmungsvollen Abendansitz auf einer Leiter am Waldrand in Höhe der Klintwiesen. Links lagen die von einem tiefen Graben abgetrennten Wiesen, während rechts im Bestand die Sauen wiederholt bis fast an die Leiter gebrochen hatten – ein Streben, das ich mit einigen Händen voll Mais noch gefördert hatte.

Da ich die Schwarzkittel nicht vorzeitig über meine Anwesenheit in Kenntnis setzen wollte, entschied ich mich für einen Anmarsch über die Klintwiesen, wobei dann der etwa eineinhalb Meter breite Graben zu überwinden war. Doch unmittelbar vor der Ansitzleiter lag ein umgestürzter Baumstamm quer über dem Graben. Der sollte, so meine Überlegung, die Überschreitung ermöglichen.

Das Wetter hatte sich in der Zwischenzeit eines Besseren besonnen, und der klare Sternenhimmel sowie die volle Mondscheibe wiesen auf eine frostige Nacht hin. Gegen 17 Uhr marschierte ich dann, für einen kühlen Abend wohl gerüstet, in gepolsterter Hose und dicker Jacke zu den Klintwiesen. Die hellen Strahlen des Mondes wiesen mir den Weg, und trotz der wenigen hundert Meter bis zu meinem dicken Baumstamm schwitzte ich unter den vielen Schichten von Baumwolle und Synthetik doch beträchtlich. Jetzt vorsichtig das letzte Ende balancierend über die modernde Baumleiche, und ich hatte meinen Lauerplatz erreicht. Doch Pustekuchen. Ganze zwei Schritte trug mich der Stamm, dann rutschte ich auf der schmierigen, leicht überfrorenen Oberfläche aus. Zwar packte ich Hilfe suchend einen dickeren Ast, doch der krachte einmal kurz und trocken und landete platschend mit mir in der moderigen, kalten

Brühe. Schimpfend und fluchend versuchte ich mich an der glitschigen Grabenkante hochzuarbeiten und jede suhlende Sau hätte mich vorbehaltlos als »Bruder« angesprochen.

Doch irgendwann endete auch diese nicht eingeplante Strapaze und ich saß zwar durchnässt, aber heil auf meiner Ansitzleiter. Ich klappte den Lauf des Drillings auf, um eine Kugel einzuschieben, und blickte dabei vorsorglich noch einmal durch den Lauf. Alles, was das Auge wahrnahm, war Dunkelheit, denn die Läufe steckten bis oben hin voller Matsch. Auch das noch! Eigentlich hätte ich spätestens jetzt den Rückzug antreten sollen, doch nach diesem schmachvollen Antritt keimte heftiger Trotz auf. Jetzt erst recht. Also wieder herunter von der hohen Warte und einige Binsenhalme gesucht. Mit diesen dann wieder in den ersten Stock und, so gut es eben ging, zumindest den Kugellauf gereinigt. Diese Prozedur neigte sich gerade dem Ende zu, da knackte es leise, aber viel sagend im Bestand. Eines der schönsten Geräusche für jeden Sauenjäger drang durch die hereinbrechende Nacht: eine vertraut anwechselnde Rotte Sauen. Ich saß mucksmäuschenstill und unbeweglich auf meiner Leiter, bis nach etwa fünfzehn Minuten die ersten schemenhaften Gestalten sichtbar wurden. Langsam hob ich den schussbereiten Drilling. Ich begann heftig mit den Zähnen zu klappern. Teils aus Jagdfieber, teils durch die langsam erstarrenden Kleidungsstücke, die nässetriefend jede Schutzwirkung eingebüßt hatten und wie Eiswürfel auf der nackten Haut wirkten. Die Farbe meiner grünen Felljacke wechselte in ein modisches Raureif-Weiß und jede Bewegung rief leicht knisternde Geräusche hervor. Doch die Sauen interessierte dies wenig und sie wechselten kreuz und quer unter der Leiter hin und her, um eines der delikaten Maiskörner zu erhaschen. Endlich hatte ich meine Kampfposition eingenommen und senkte das Absehen in einen breit stehenden Frischling. Doch wieder schien ich an diesem vermaledeiten Tag das Nachsehen zu haben, denn der Mond schien von hinten so unglücklich durch das Zielfernrohr, dass ich schlechthin nichts sah. Ich war dem Verzweifeln nahe. Doch dann erlebte ich die große Wende. Ein Frischling zog an den Graben, um auf die Klintwiesen zu sichern, die Waffe schwenkte in diese Richtung, klar und deutlich zeichneten sich die Umrisse des Frischlings im Fadenkreuz ab. Im Schuss rutschte er verendet in den Graben. Die Sau war mein. Was für ein wundervoller Tag.

Fiona vom Haus Re-kim

Gern möchte ich an dieser Stelle eine mir lieb gewonnene Gepflogenheit aus meinem ersten Buch aufgreifen und Ihnen, liebe Leser, etwas über unsere vierläufigen Hausgenossen berichten. Hauptakteurin dieses Kapitels wird deshalb unsere Fiona sein, eine bildhübsche, außerordentlich dunkel gezeichnete Schäferhündin, die wir als Welpen bereits in Schleswig-Holstein erstanden und in unser Herz schlossen. Selbstverständlich begleitete sie uns auch nach Vorpommern und machte ihrem Anspruch als Hof- und Wachhund alle Ehre, zumindest dann und wann. Dabei kam ihr vor allem ihre fast schwarze Färbung zugute, die zumindest jedem Fremden suggerierte, dass da etwas Geheimnisumwittertes, Bedrohliches, ja fast Mystisches vor ihm stand. Doch im Grunde ihres Herzens bevorzugte sie das harmonische Miteinander. Kein Postbote litt jemals unter hinterhältigen Attacken, und auch Freunde des Hauses wurden sehr schnell als solche akzeptiert und freudig begrüßt. Wer sich dann noch dazu hinreißen ließ, mit ihr das Stöckchen-Apportier-Spiel zu beginnen, den schloss sie dann vollends in ihr großes Herz. Dieses Spiel war ihr ein und alles, es gab dafür weder zeitliche Limits noch existierten irgendwelche Mindestgrößen bei der Auswahl des Apportierstockes. Vom kleinsten Ästchen bis zum schwersten Knüppel, ihr war alles recht, Hauptsache, es wurde geworfen. Diese Angewohnheit steigerte sich zur Manie, und waren Handwerker auf dem Hof tätig, musste ich sie einsperren – nicht um die armen Männer vor der Angst einflößenden Bestie zu schützen, sondern um zu verhindern, dass sie die Arbeitsleute ständig mit ihren Stöckchen belästigte, die sie jedem zu guter Letzt auf den Schuh legte, um ihm auf diese Weise klar zu machen, was sie von ihm erwartete. Unseren ältesten Töchtern gegenüber, damals ja noch Babys, zeigte sie sich immer duldsam, und wir konnten die beiden stets beruhigt in ihrer Obhut lassen. An den Ohren reißen, an den Läufen ziehen, sich im Fell festkrallen oder sich rittlings auf den Hund setzen – Fiona ließ alles ohne Murren und Klagen über sich ergehen.

Doch Situationen, die aus ihrer Sicht Gefahren oder Bedrohungen bargen, begegnete sie mutig und ohne zu zögern. Ich entsinne mich an einem Abend, der uns einen sintflutartigen Wolkenbruch bescherte. Ich stand in der geöffneten Werkstatttür, um mir dieses faszinierende Spektakel anzuschauen, Fiona saß an meiner Seite und gab sich allem Anschein nach ähnlichen Betrachtungen hin. Da öffnete sich die etwa fünfzig Meter weit entfernte Grundstückspforte und Nachbar Fredi erschien im Dauerlauf, um irgendetwas, ich kann mich nicht mehr daran erinnern, zurückzubringen. Um sich vor den herabstürzenden Wassermassen zu schützen, zog er eine dunkle Gummijacke mit beiden Armen über den Kopf und rannte auf unser Haus zu. Plötzlich stand Fiona neben mir, stierte mit starrem Blick auf den auf uns zulaufenden Mann, um im selben Moment mit gesträubten Nackenhaaren und einem abgrundtiefen Grollen auf ihn zuzustürzen. Bevor ich auch nur in irgendeiner Weise reagieren konnte, stand Fiona bereits aufgerichtet vor ihm, die Vorderläufe auf die Brust des vermeintlichen Gegners gepresst, ihren Fang an seiner Kehle. Erst in diesem Moment bekam sie Wind, beendete schlagartig ihre Attacke und suchte, wie sollte es anders sein, nach einem Stöckchen.

Ein anderes Mal näherten sich an einem Sonntag kolonnenartig mehrere voll besetzte Fahrzeuge unserem Anwesen, um an der Grundstückspforte zu halten, auszusteigen und auf dem Grundstück auszuschwärmen. Wie sich später herausstellte, handelte es sich um eine komplette Fußballmannschaft, die sich auf der Suche nach dem dörflichen Spielplatz befand und schlichtweg die falsche Abfahrt erwischt hatten. Fiona interpretierte dieses massive Aufgebot jedoch als unerwünschte Invasion und marschierte mit gespreizten Läufen, hochgestelltem Nackenhaar und Furcht erregend gefletschten Zähnen auf die potenziellen Aggressoren los. Bei ihrem Anblick zeigten sich die Wochenendsportler erstaunlich antrittsstark. Im Handumdrehen befand sich die ganze Mannschaft wieder in ihren Fahrzeugen und rauschte, eine Menge Staub aufwirbelnd, wieder davon. Übrigens siegte die Kirchdorfer Mannschaft an diesem Sonntag überlegen, und böse Zungen behaupteten, die gegnerische Mannschaft habe unter Schock gestanden.

Doch wenn Fiona sich über einen bestimmten Sachverhalt mit all ihren feinen Sinnen, die zugegebenermaßen den meinen überlegen waren, erst einmal eine Meinung gebildet hatte, hielt sie an dieser auch unumstößlich fest. So wurde beispielsweise unsere Nachtruhe eines Tages oder besser eines Nachts unvermutet abrupt durch einen scharfen, durchdringenden Knall und splitterndes Glas unterbrochen. Meine Frau und ich saßen augenblicklich senkrecht im Bett. Diese Geräusche ließen nur einen logischen Schluss zu: Einbrecher drangen in das Haus ein. Nur seltsam, dass von Fiona auch nicht das Geringste zu vernehmen war. Ich kramte hektisch in einem geheimen, so meint man zumindest immer, Fach meines Nachtschrankes herum, um die 375-Magnum in die Hände zu bekommen und damit verteidigungsfähig zu sein.

Sie schütteln jetzt zu Recht den Kopf. Doch damals befanden sich unsere Kinder noch nicht im krabbelfähigen Alter, und tagsüber verschloss ich den Revolver ordnungsgemäß im Waffenschrank. Ob ich auch heute noch so handeln würde, weiß ich nicht, denn man muss sich dessen bewusst sein, dass man bei einer tatsächlichen Konfrontation die Gewaltbereitschaft nur noch weiter erhöht, wenn man selbst mit der Waffe in der Hand auftritt. Damals war ich jedoch nicht gewillt, mein sauer Erspartes ohne Gegenwehr preiszugeben.

Ich schlich also mit gezückter Waffe und, ich gebe es offen zu, weichen Knien durch das Haus, dabei jede Deckung sorgsam ausnutzend. In der dunklen Küche – wer steht in einer solchen Situation schon gern selbst im Rampenlicht? – stolperte ich dann fast über unsere Fiona, die bestenfalls einen mitleidigen Blick für mein nächtliches Treiben übrig hatte und sich brummend zur anderen Seite drehte. Ich wunderte mich in meiner zugegebenermaßen selbstgefälligen Einfältigkeit nur über die Unfähigkeit unseres Hundes und drang dann in den Wirtschaftsraum vor, was mir beim vorsichtigen Eintreten auf nackten Sohlen erst einmal nasse Füße bescherte. Denn dort schwappte die Ursache des nächtlichen Einsatzes über den Linoleumfußboden. Eine Sektflasche nebst abgesprengtem Boden lag mitten in ihrem entleerten Inhalt. Mir fiel ein Stein vom Herzen, und im Stillen leistete ich unserem Hund Abbitte, denn der hatte sich nicht ins Bockshorn jagen lassen.

Wenn es jedoch wirklich einmal darauf ankam, verteidigte Fiona ohne zu zögern und mit aller Konsequenz ihre Schutzbefohlenen. So ließ ich beispielsweise in einem Sommer einen von mir gezogenen Bullen in der Herde mitlaufen, auf dass er sich der holden Weiblichkeit zuwende und für Nachwuchs sorge. Diesen Bullen kannte ich von klein auf und er mich selbstverständlich auch. Mit zunehmender Weidedauer verlagerte sich die mir entgegengebrachte Herzlichkeit jedoch immer mehr auf seine Herde, was ich ihm auch durchaus vergönnte. Von ansteigender Bösartigkeit oder Aggressivität konnte ich jedoch noch nichts feststellen. Fremde hingegen verwies er sehr resolut von seinen Weidegründen.

Eines Tages kontrollierte ich die Einfriedung und entdeckte an einer Stelle eine Lücke im Stacheldraht. Um diesen zu reparieren, ging ich in die Knie, während meine Rinderherde einträchtig einige hundert Meter von mir entfernt graste. So konzentrierte ich mich vollständig auf meine Arbeit, ohne an meine Wiederkäuer zu denken.

Kennen Sie das, wenn plötzlich der Nacken zu kribbeln anfängt und Sie das Gefühl haben, dass Sie observiert werden? Nun, genau diese Empfindung überkam mich urplötzlich, und ich schaute mich um. Da stand er nun, meine rotbunter Freund, stierte mich böse funkelnd an und begann düster grollend mit den Vorderbeinen Grassoden und Erde in die Luft zu schleudern. In dem Moment, in dem ich mich aufrichtete, setzte er sich auch schon mit tief gesenktem Haupt in Bewegung. Wie Sie sich sicherlich vorstellen können, war dies eine nicht gerade angenehme Situation. Doch die Beklommenheit wich urplötzlich einer gespannten Erwartung, denn Fiona fegte wie ein schwarzer Pfeil über die Wiese, um sich regelrecht zwischen mich und das rotbunte Ungetüm zu werfen. Einige heftige Attacken auf die Vorderbeine, einige blitzschnelle Bisse, dazwischen Gebell und gefletschte Zähne, und der Bulle wandte sich zur Flucht, leicht an Nüstern und den Beinen schweissend. Fiona kehrte nach einer kurzen Verfolgungsjagd zu mir zurück, um immer wieder winselnd und jaulend an mir hochzuspringen. Ich setzte mich erst einmal auf meinen Hosenboden und nahm meinen Hund in die Arme, während sie mir das Gesicht ableckte.

In der Heuzeit bereitete es Fiona immer ein besonderes Vergnügen, während des Kehrens oder Schwadens neben dem Trecker herzulaufen, um einzelne aufwirbelnde Halme zu schnappen. Dieses Spiel trieb sie häufig bis zu völligen Erschöpfung. Während einer dieser Hitzejagden stolperte sie förmlich über einen Fuchs, der sich in das lockere Heu eingeschoben hatte. Nach einer heftigen Karambolage und einigen Schrecksekunden suchte der Fuchs eilends das Weite, und Fiona nahm die Verfolgung auf. Dies jedoch sehr zum Verdruss des Fuchses, dem die wilde Jagd bald zu viel wurde und der mit einem schnellen Zuschnappen seinen Unmut über dieses unziemliche Verhalten deutlich zum Ausdruck brachte. Fiona jaulte kurz auf, stoppte und wandte sich dann wieder ihrem Hälmchenspiel zu, als sei nichts gewesen. Mit solch einem Raufbold wollte sie dann anscheinend doch nichts zu tun haben.

Dafür demonstrierte sie uns immer wieder gerne ihre Ambitionen auf dem Gebiet der Nachsuche, wobei ich sie jedoch immer nur für Totsuchen einsetzte, um mir selbst das lange Herumkriechen in den Fichtendickungen zu ersparen. Dabei führte sie mich stets absolut sicher zum Stück, und bereits nach wenigen Nachsuchen verzichtete ich ganz auf die Schweißleine, die sich in den Dickungen doch nur jedes Mal hoffnungslos verhedderte. Fiona arbeitete dabei stets nur einige Meter vor mir her, und wenn ich nicht schnell genug hinterhergekrochen kam, wartete sie geduldig, bis Herrchen endlich so weit war, um dann die Folge ruhig und unverdrossen fortzusetzen. Da es nie zu einer Hetzjagd kam, kann ich leider nicht beurteilen, wie sie sich am lebenden Stück verhalten hätte, doch sie ersparte mir auch so jede Menge Sucherei und damit so manchen Schweißtropfen.

Fiona begleitete uns auch zurück nach Schleswig-Holstein und blieb uns dort noch fast sechs Jahre treu. Bis auf unsere jüngste Tochter knuddelten, kuschelten und knutschten alle meine Kinder mit ihr. Ein Haus- und Familienhund eben, wie man sich ihn besser nicht wünschen kann. Als sie dann mit zwölf Jahren an Altersschwäche starb, heulte die ganze Familie wie im Chor und noch heute, fast drei Jahre später, fragen die Kinder ab und zu nach Fiona.

Ein Frischling mit Hindernissen

Der Januar dieses Jahres bescherte uns nach einigen viel zu warmen Tagen den ersten Schnee. Schon länger wartete ich mit großer Ungeduld auf diesen Wetterumschwung. Nicht der Sauen und der Jagd wegen, sondern auch um genügend Feuerholz für das nächste Jahr zu schlagen. Denn ich beheizte das ganze Haus ausschließlich mit Holz. Da auch die Warmwasserversorgung an der Holzheizung hing, gab es in den Sommermonaten, in denen der Ofen nur sporadisch angeheizt wurde, auch nur kaltes Wasser. Logischerweise lieferte die Dusche statt wohltemperierter Wärme meist belebendes, frisches Nass. Meine Kinder bezeichneten es schlichtweg als eiskalt. Doch das kalte Duschen und Haarewaschen bot auch manchen Vorteil. Zum einen beschränkten sich die morgendlichen oder abendlichen Reinigungsrituale auf die absolut erforderliche Minimalzeit, zum anderen, man höre und staune, waren Erkältungskrankheiten oder grippale Infekte bei uns fast unbekannt.

Die täglichen kalten Duschen erinnern mich an eine andere kleine Anekdote, die ich Ihnen an dieser Stelle berichten möchte. Als die Entscheidung für eine berufliche Veränderung und den damit verbundenen Wohnungswechsel gefallen war, mussten wir natürlich auch unsere Kinder vorsichtig mit den anstehenden Veränderungen konfrontieren. Unsere älteste Tochter Mareike sträubte sich mit Händen und Füßen. Mit ihren knapp vier Jahren beharrte sie darauf, bei ihren jetzigen Freunden bleiben zu wollen. Ein Wechsel des Kindergartens oder gar die Aufgabe ihres schönen Kinderzimmers käme für sie ohnehin nicht in Frage.

Meine Frau und ich redeten mit Engelszungen, hoben Vorteile wie die Nähe zu den Großeltern deutlich hervor und versäumten auch nicht, die tolle Lage des neuen Domizils und insbesondere die exquisite Ausstattung ihres Zimmers hervorzuheben. Ein wenig sinnierend stand Mareike vor uns, und dann folgte die nicht erwartete Frage: »Gibt es denn auf unserem neuen Hof immer warmes Wasser?«

Das schworen wir hoch und heilig.

»Dann komme ich auch mit!«

Tja, auch schon in diesem zarten Alter weiß ein pfiffiges Menschenkind die Vorzüge der Zivilisation durchaus zu würdigen.

Übrigens konnte ich die anfängliche Blockadepolitik meiner Tochter durchaus nachvollziehen, denn das Kindergartenwesen in Vorpommern brauchte wirklich keinen Vergleich zu scheuen. Anfangs, ich gebe es ehrlich zu, war ich ein wenig skeptisch von wegen Indoktrination, Beeinflussung der Kinder durch noch existierendes kommunistisches Gedankengut und ähnlicher

Dinge. Im Nachhinein schäme ich mich fast ein wenig, denn die Kindergärtnerinnen zeigten großes Einfühlungsvermögen, wiesen hervorragende pädagogische Fähigkeiten auf und kümmerten sich einfach rührend um die Kinder, die ihnen anvertraut waren, und das vom Kleinkind bis zum angehenden Schulkind. Jedes Kind im Vorschulalter, egal ob schon sauber oder nicht, erhielt einen Kindergartenplatz. Fürwahr paradiesische Zeiten, denkt man an die Zustände beispielsweise in Schleswig-Holstein oder Hamburg. Und versuchen Sie mal, in unserem Land zwischen den Meeren ein noch nicht der Windel entwachsenes Kind in einem Kindergarten unterzubringen. Über die Reaktionen der nach BAT-West bezahlten Betreuerinnen werden Sie vermutlich staunen.

Ich habe mich erkennbar, aber ehrlicherweise gar nicht so ungern vom eigentlichen Thema entfernt. Also zurück zu Frost und Schnee. Den ganzen Tag fegte der Wind von Nordosten heran. Der kurze Weg vom Haus hin zum Stall genügte, um Ohren, Nase und Wangen empfindlich zu spüren und die zarte Blässe der Haut in ein leuchtendes Rot zu verwandeln. Steinhart gefror die Erde, und immer mehr kleine, feine Schneeflocken wirbelten über Feld und Flur, um sich an Hecken und Zäunen niederzulassen.

Der nächste Tag, ein Samstag, zeigte sich dann von seiner schönsten winterlichen Seite. Die Sonne erhob sich glutrot am östlichen Himmel und ließ die niedrige Schneedecke erstrahlen und funkeln, als wenn Abertausende von Diamanten die Erde übersäen würden. Bester Laune und voller Freude über diesen geschenkten Tag belud ich den Anhänger mit Motorsäge, Spalthammer,

Keilen und allem, was die Waldarbeit sonst noch so erforderte. Ich koppelte den Trecker davor und tuckerte mit einem Lied auf den Lippen Richtung Wald. Fürwahr ein Tag für die Seele. Allen Menschen, denen ich während der Fahrt durch das Dorf begegnete, winkte ich lachend zu. Und alle erwiderten meinen Gruß ebenso mit einem strahlenden Gesicht. Ich fühlte mich zu Hause.

Im Wald schlug mir ein vielstimmiges Vogelkonzert entgegen. Alles jubilierte und zwitscherte, als ob es bereits Frühling werden wollte. Alles ignorierte einfach die bitterkalten Temperaturen und erfreute sich am strahlenden Sonnenschein. Ich fuhr den Hauptweg entlang und hielt Ausschau nach entwurzelten Buchen oder Eschen. Da nahm ich aus dem Augenwinkel heraus eine Bewegung wahr, eine verdächtig schwarze Bewegung. Ich traute kaum meinen Augen: Zuckelte da nicht am hellichten Vormittag eine kohlrabenscharze Kugel mutterseelenallein, dabei aber durchaus nicht ängstlich oder gar furchtsam, in Richtung Fichtendickung? Dabei ließ er sich alle Zeit der Welt, als gäbe es keine Jäger mit ihren Feuerrohren. Nun, für diesen Moment behielt er mit seiner Annahme absolut Recht, denn ich hätte mit allem gerechnet, nur nicht mit einem wilden Schwein zu dieser Tageszeit. Das Tier empfahl sich dann auch eher diskret und verschwand in der Fichtenschonung, provozierte mich aber nochmals, indem es sich geradezu aufreizend vor der grünen Wand breitstellte und zu mir für einen kurzen Moment herüberlugte. Glücklicherweise fand dieses Zwischenspiel damit sein Ende, denn ich konnte mich wieder auf die Lenkung meines Treckers konzentrieren, was höchste

Zeit wurde. Bei all den aufregenden Geschehnissen war ich natürlich vom Hauptweg abgekommen und holperte und polterte mit meinem Gefährt über modernde Baumstümpfe und altes Astwerk.

Bei der folgenden Sägerei kreisten die Gedanken natürlich um die Sauen und die Jagd, und beim Aufladen des Feuerholzes reifte bereits ein Schlachtplan für den folgenden späteren Abend. Ich beabsichtigte, den Hauptweg vorsichtig entlangzupirschen, denn es lag durchaus im Bereich des Möglichen, dass mein schwarzer Freund als Nachzügler einer Rotte gefolgt war, die bereits in den Fichten steckte und vielleicht den Einwechsel wieder als Auswechsel nutzen würde. Voller Vorfreude bestieg ich meinen Trecker und fuhr langsam aus dem Wald heraus, denn der hoch mit meterlangen Holzscheiten beladene Anhänger schwankte doch bedrohlich.

Doch meine Jagdambitionen erhielten abrupt einen Dämpfer, als ich einen Blick zum Himmel warf. Die Sonne versteckte sich bereits hinter bedrohlich aufgetürmten schwarz-blauen Wolken, und Windböen fegten über das Land. Plötzlich setzte Eisregen ein, der die Straßen sekundenschnell in spiegelglatte Rutschbahnen verwandelte. Mit Müh und Not brachte ich mein Feuerholz sicher nach Hause, doch die Jagd konnte ich mir getrost aus dem Kopf schlagen.

Doch, wie heißt es so schön, der Mensch denkt, doch Gott lenkt. So unerwartet, wie das eisige Nass vom Himmel gefallen war, endete der Eisregen auch. Doch nur, um kurz Atem zu holen, so schien es, denn die nächste Unheil verkündende Wetterfront näherte sich bereits unaufhaltsam. Doch nicht Eis war es, was die

Wolken mitbrachten, sondern Schnee, und das reichlich. Volle, pralle Schneeflocken fielen vom Himmel, und das Thermometer sank, als wolle es einen neuen Rekord aufstellen, auf fast minus zwanzig Grad Celsius. Fürwahr, Petrus präsentierte seine gesamte Angebotspalette, doch mit dem Schnee stieg das Hoffnungsbarometer auf eine erfolgreiche Saujagd.

Ich rief bei Jagdfreund Achim an, ob er mich nicht bei der Pirsch begleiten wolle. Natürlich wollte er und verwies auf meinen neuen Geländewagen, der uns doch sicher durch Eis und Schnee in den winterlichen Wald tragen würde. Ich stimmte ihm im Brustton der Überzeugung zu, ahnte ich doch nicht, wie leichtfertig diese Versicherung gewesen war.

Der Schnee fiel immer spärlicher, doch der steife Nordost verlor nichts an Schärfe und Kälte. Über minus zwanzig Grad Celsius zeigte das Thermometer an, als ich eingemummelt wie ein Eskimo aus dem Haus trat, um mich umständlich, die ganze Montur verfluchend, in meinen Wagen zu zwängen. Einen Augenblick vorglühen lassen, wie es ein Diesel nun mal verlangt, starten, und schwerfällig setzte sich der große Wagen in Bewegung. Allrad zugeschaltet, und schon rollte ich Richtung Hofausfahrt – jedoch nicht weiter, denn nach einigen röchelnden, stotternden Geräuschen entschloss sich der Motor zur Arbeitsverweigerung. Auch weitere Startversuche erbrachten kein anderes Ergebnis, und zähneknirschend kletterte ich wieder aus meiner Karosse. Wie sich später herausstellte, befand sich Wasser im Dieselkraftstoff, das bei derartigen Temperaturen nun mal die unangenehme Eigenschaft aufweist, zu gefrieren. Doch auf die abendliche Pirsch wollte ich natürlich nicht verzichten, und fieberhaft grübelte ich über mögliche Alternativen nach. Wie zufällig streifte mein Blick den bereits sehr betagten, aber immer noch fahrtüchtigen Kombi meiner Frau. Mit Engelszungen und flehenden Blicken gelang es mir schließlich, sie von der schier lebensnotwendigen Wichtigkeit meiner Jagdexpedition zu überzeugen, und wenig später brauste ich durch den stiebenden Schnee Richtung Jagdfreund Achim. In all der Aufregung hatte ich jedoch nicht bedacht, dass wir aus finanziellen Erwägungen auf die Montage von Winterreifen verzichtet hatten und die Sommerreifen bereits eine auffällige Ähnlichkeit mit den im Rennsport eingesetzten Slicks aufwiesen. Damit nicht genug, vergaß ich auch noch, die Schweißwanne in den Kofferraum zu stellen. Beide Umstände sollten mir später noch erhebliches Kopfzerbrechen bescheren.

Der Waldweg nämlich zog sich wie eine Berg- und Talfahrt durch den Forst, und schon die erste kleine Steigung bedeutete das Ende unserer Autopartie. Trotz Vorderradantrieb drehten die schlecht bereiften Antriebsräder sofort durch, fegten die dünne Schneeschicht vom darunter liegenden Eis, und der Wagen stellte sich quer. Nach längerer intensiver Diskussion übernahm Achim das Amt des Zug- oder besser Schiebesels, und mit Müh und Not erklommen wir den ersten Hügel. Abwärts ging es dann schneller, dafür aber umso unkontrollierbarer, und ich wartete mit Schrecken auf die erste zärtliche Begegnung mit einem Baumstumpf oder etwas Ähnlichem. Doch manchmal ist Gott auch mit den Einfältigen, und nichts Derartiges geschah. Beim nächsten Erdhaufen, von Hügel zu sprechen wäre fast vermessen, tauschten wir dann die Rollen, doch irgendwann erlahmten die Körperkräfte, und wir beschlossen, den Wagen einfach stehen zu lassen und an Ort und Stelle die Pirsch zu beginnen. Unsere Hoffnungen auf einen Jagderfolg waren ebenso schnell gefallen wie das Thermometer, denn mit all dem Radau, den wir gemacht hatten, mussten wir alle Sauen im weiteren Umkreis vertrieben haben. Doch andererseits blieb uns auch nicht viel anderes übrig, und so stapften wir los. Doch kaum hatten wir eine kleine Fichtenschonung umrundet, erwartete uns eine freudige Überraschung. Tummelte sich da nicht vor uns, keine fünfzig Meter entfernt, eine starke Rotte von mindestens zwanzig Sauen lustig und vergnügt unter einigen hochschäftigen, knorrigen Eichen und scherte sich nicht um Wind und Wetter.

Leise den Drilling von der Schulter gezogen und den ersten Frischling, der leichtsinnig auf den Weg wechselte, ins Visier genommen. Bevor der Zeigefinger zu erstarren drohte, ließ ich fliegen. Mein kleines Schwein lag im Knall, schlegelte jedoch noch ein wenig, und Achim leuchtete mit der Stablampe auf die Beute unserer Pirsch. Doch diese verstand sich allem Anschein noch nicht als solche und strebte kampflustig dem Quell des Lichtes zu, wie es sonst nur Motten zu tun pflegen. Um es kurz zu machen: Ich ließ unseren Angreifer auflaufen und brachte wenige Meter vor unserem Standort den Fangschuss an, der alle weiteren Kampfhandlungen blitzartig unterbrach. Alle Anstrengungen und Mühen waren vergessen, und in Hochstimmung schleiften wir unser Opfer zum Auto. Ohne lange nachzudenken, öffnete ich die Heckklappe, und wir stopften den erlegten Frischling in den Kofferraum. Dann begann wieder die mörderische Prozedur des Schiebens und Schleuderns, doch dass ich heute davon schreiben kann, ist der Beweis, irgendwann erreichten wir völlig ausgepumpt, aber doch glücklich Haus und Hof. Eine tolle Nacht mit viel Glühwein und noch mehr Jagdgeschichten begann, und ich versichere Ihnen, solche Erlebnisse schweißen wahre Freunde zusammen oder trennen sie für immer, egal, ob aus Ost oder West.

Der Frischling jedoch sparte sich seine Rache bis zuletzt auf. Denn er hatte im Kofferraum des Kombis eine große Schweißlache hinterlassen, die in alle möglichen und unmöglichen Ecken floss. Erst im Frühjahr mit angenehmeren Temperaturen erkannten oder besser errochen wir das ganze Ausmaß der Bescherung. Alle Waschungen, Föhnanwendungen und Trockenlegungsaktionen nützten nicht. Das Auto stank monatelang nach Wildschwein.

Interessant war jedoch, die Reaktion der Fahrgäste zu beobachten. Die einen rümpften angewidert die Nase und verzichteten auf weitere gemeinsame Fahrten, andere fragten nach, ob mit dem Motor etwas nicht in Ordnung sei, und nur die wenigsten stellten offen fest: »Euer Auto stinkt barbarisch.«

Übrigens habe ich den Wagen meiner Frau nie wieder für Jagdausflüge genutzt, und fragen Sie mich bitte nicht, warum.

Ein kleiner Hund mit großem Mut

Seit jeher zählen die Teckel zu den vielseitigsten Jagdgebrauchshunden. Doch ich selbst, und ich bin mir ziemlich sicher, dass ich mit dieser Meinung nicht allein stehe, habe diesen kleinen, krummbeinigen Jagdhelfer immer ein wenig mitleidig belächelt. So rechnete ich den kleinsten Jagdhund bisher immer zu den Spezialisten, denn wenn es sich um die Bauarbeit, das Einschliefen in Fuchsbauten und das Sprengen des Wohnungseigentümers handelt, ist der Teckel sicherlich unübertroffen und ein Garant für den Erfolg. Doch für alle anderen jagdlichen Anforderungen hielt ich ihn schlichtweg für zu klein. Wie in aller Welt sollte ein so winziger Hund eine erfolgreiche Nachsuche auf wehrhaftes Schalenwild durchstehen können? Doch in Vorpommern wurde ich eines Besseren belehrt.

Jagdfreund Uwe führte nämlich ein rauhaarigen Jagdteckel, der auf den klangvollen Namen »Charlie« hörte und sich bereits auf mancher Schweißfährte seine Sporen verdient hatte, bevor ich ihm begegnete. Neben einer hervorragenden Ausbildung – Uwe führte unzählige Hunde als Ausbilder und fungierte auch als Richter – wies Charlie herausragende charakteristische Eigenschaften wie Wesensfestigkeit und Mannschärfe auf. Dabei war er außerordentlich kinderlieb und zeigte eigentlich nur eine nennenswerte Schwäche – eine unmäßige Gefräßigkeit. Dabei war er durchaus nicht wählerisch und nährte sich aus dem Lande. Egal, ob Reste vom Schlachtfest, Kuhschrot oder Hühnerkorn, kein Misthaufen, keine Futterkammer oder Mülleimer war vor seinem ständig knurrenden Magen sicher. Doch diese Anlage zur Völlerei bescherte Uwe unter dem Strich bei weitem mehr erfolgreiche Nachsuchen als erfolglose, denn Charlie bestach durch absolute Fährtentreue und einen kompromisslosen Finderwillen, gab es doch am Ende der roten Fährte wahrhaft lukullische Genüsse.

Von einigen Episoden, die ich mit Charlie erleben durfte, will ich Ihnen berichten. Die erste Begebenheit trug sich an einem Sonnabendnachmittag zu und hätte unter normalen Umständen eine Nachsuche gar nicht erfordert. Doch waren die Umstände an diesem Tag eben absolut nicht normal. Meine Frau beabsichtigte an diesem Morgen mit unserer Haflingerstute Hannah nach Reddefin zu fahren, um diese in einer Auswahlprüfung für Zuchtstuten vorzustellen. Wer als Pferdeexperte die Bedeutung von Reddefin kennt, kann vielleicht nachvollziehen, dass an diesem Morgen ein wenig Hektik und Nervosität um sich griffen. Schon am Abend zuvor war Hannah geputzt und gewienert worden, dass der Striegel nur so glühte, die Mähne eingeflochten, der Schweif gewaschen und die Hufe poliert. Das verwöhnte Frauenzimmer schien sich seines aparten Outfits durchaus bewusst zu sein, denn Hannah stolzierte dabei immer wieder anmaßend schnaubend über den Hofplatz. Nur das Verladen entsprach allem Anschein nach ganz und gar nicht ihren Vorstellungen vom weiteren Tagesablauf, denn weder mit Geduld noch mit guten Worten ließ sie sich dazu bewegen, auch nur einen Schritt auf die Verladerampe zu tun. Ich versuchte, sie mit Äpfeln und Wurzeln zu locken, doch selbst diese sonst so erfolgreichen Bestechungsversuche nutzten nichts. Der Hals reckte sich zwar so weit wie möglich, wobei sie die Lippen bis zur Belastungsgrenze zuspitzte, um doch noch einen Happen zu erlangen, aber die Beine blieben wie angewurzelt an Ort und Stelle. So allmählich riss mir der Geduldsfaden, und als auch scharfe Worte nicht die gewünschte Wirkung erbrachten, trat ich voller Wut in ihr nicht gerade unterproportioniertes Hinterteil. Doch die Strafe folgte, wie es so schön heißt, auf dem Fuße und in diesem speziellen Fall sogar von demselben, bei Pferdefachleuten auch Huf genannt. Denn Hannah schlug ansatzlos und blitzschnell nach hinten aus und traf mich mit voller Wucht am oberen Oberschenkel. Nur wenige Zentimeter höher, und die weitere Familienplanung hätte aller Voraussicht nach einer Korrektur bedurft. Ich fühlte mich durch den heftigen Schlag für einen Moment angehoben und landete Augenblicke später schmerzhaft auf dem Hosenboden. Auf der Innenseite meines Oberschenkels bildete sich nur kurze Zeit später ein Bluterguss in der Größe eines Handballes. Ich rappelte mich mühsam auf, um mir mit beiden Händen die schmerzenden Stellen zu reiben und den Staub aus Hemd und Hose zu klopfen. In diesem Moment trat meine Frau kopfschüttelnd aus der Dielentür, blickte mich – ja, mich und nicht das Pferd! – vorwurfsvoll an und bemerkte trocken: »Was treibst du denn da mit unserer Hannah?« Dann nahm sie den Strick, streichelte Hannah liebevoll den Hals, rief kurz »Nun komm mal!« und betrat, ohne sich noch einmal umzuschauen, den Pferdeanhänger. Und Hannah, ich wagte meinen Augen kaum zu trauen, trottete wie ein Hund hinterher. Trotz der ziehenden und klopfenden Schmerzen im Oberschenkel beschloss ich, nachdem meine Frau samt Schlägerpferd Richtung Zuchtschau abgereist waren, erst einmal eine Pirschfahrt ins Revier zu unternehmen, um die mir zugefügte Schmach zu verwinden. Zu Hannahs Ehrenrettung sei gesagt, dass sie die Prüfung mit Bravour bestand, sich prachtvoll in Szene setzte und am Abend mit einem ersten Platz nach Hause kam. Ich fuhr derweil an den Klintwiesen entlang und leuchtete mit dem Fernglas das ganze Gelände nach Wild ab. Zwischen den grünen Stängeln und Blättern eines Brennnesselverhaus entdeckte ich schließlich einen roten Fleck. Plötzlich begannen die Stängel verdächtig zu wackeln. Ich vermutete einen plätzenden Bock, und vorsichtshalber tauschte ich bereits jetzt das Fernglas mit dem Repetierer. Langsam zog das Reh aus der grünen Wildnis auf ein Stück mit kürzerem Gras, und mir blieb beim Ansprechen durch das Zielfernrohr schier die Luft weg. Wie zwei aneinander gelegte, nach oben geöffnete Hände, die eine himmlische Gabe erwarten, präsentierte sich das weit über lauscherhohe Gehörn. Wahrhaftig eine Trophäe, die zum Träumen und Sinnieren anregte. Unterhalb dieser außergewöhnlichen Zier erkannte ich den alten Bock mit starkem Träger, wuchtigem Wildkörper und mürrischem Blick. Ohne zu zögern, stach ich ein und im Schuss nahm der Bock mit wenigen hohen Fluchten eine der Brennnessel- und Distelinseln an.

Freudestrahlend eilte ich, so schnell es mein lädiertes Bein erlaubte, auf die Klintwiesen, um meine sicher geglaubte Beute in Besitz zunehmen. Dabei übersah ich bedauerlicherweise einen stark zugewachsenen Abzugsgraben und versank erst einmal bis zu den Hüften im Wasser, Matsch und Modder. Doch damit nicht genug, konnte ich, nachdem ich mich endlich aus dieser ungewollten Fangopackung herausgearbeitet hatte, den Bock nicht finden. Ich suchte kreuz und quer, nahm jede Brennnesselinsel unter die Lupe, rekonstruierte den Anschuss – nichts! Dabei fiel mir das Laufen immer schwerer, immer heftiger pochte das verletzte Bein. Fieberhaft suchte ich nach einem Ausweg, und spontan kam mir Charlie in den Sinn. Also zurück zum Auto und ab zu Uwe. Dieser hielt sich glücklicherweise zu Hause auf, und nur Minuten später saßen wir in seinem Trabi. Dabei turnte Charlie putzmunter und voller Vorfreude auf meinem Schoß herum, um immer wieder mit instinktiver Treffsicherheit auf meinen Bluterguss zu treten. Ich nahm es mit zusammengebissenen Zähnen und erzwungener Gelassenheit, galt es doch in erster Linie den Bock zu finden. Charlie wuselte dann auch mit Inbrunst in dem hohen Kraut herum, um bereits nach kurzer Zeit Standlaut zu geben. Mit entsicherten Waffen schlichen wir uns unter Wind an die betreffende Stelle an, doch diese Vorsichtsmaßnahme hätten wir uns sparen können. Denn dort lag der bereits verendete Bock mit sauberem Blattschuss, und Charlie saß mit wedelnder Rute stolz auf dem Wildkörper. Immer wieder betrachtete ich das tiefschwarze, formvollendete Gehörn, fasste mit beiden Händen in die Krone, während Charlie um uns herum einen wahren Veitstanz aufführte.

Charlies zweite Großtat ereignete sich im Herbst. Auf einer kleinen, nicht mehr bewirtschafteten Wiese in dem an die Klintwiesen angrenzenden Moor hatte ich eine uralte, scheinbare Geltricke bestätigt. Ich schreibe ganz bewusst »scheinbar«, denn wenn ich an all die in der Jagdliteratur beschriebenen Geltricken denke, müsste das Rehwild schon längst mangels Nachwuchs ausgestorben sein. Meist verlor die Ricke ihr Kitz durch Räuber wie Schwarzwild oder Fuchs, den Straßenverkehr oder beim Mähen der Wiese. Im Herbst dann avanciert sie erfolgreich zur Geltricke.

Wie dem auch sei, die Ricke äste allein auf der verwahrlosten Wiese, benahm sich sehr vorsichtig und hielt sich stets im Schlagschatten der umstehenden Birken auf. An diesem Oktoberabend zog sie, immer wieder misstrauisch sichernd, durch hoch aufgeschossenes Binsenkraut und bot immer nur für kurze Augenblicke eine schussgerechte Position. Als sie dann zügig in die Birken wechselte, schoss ich ein wenig übereilt. Die Ricke keilte regelrecht nach hinten aus und verschwand im selben Moment im Dickicht und damit aus meinem Gesichtsfeld.

Nun war guter Rat teuer. Am vernünftigsten wäre es gewesen, die Nachsuche auf den nächsten Tag zu verschieben und das Stück krank werden zu lassen – sicherlich eine scheußliche Sache, vor allem dann, wenn man selbst Verursacher all diesen Leids gewesen ist. Doch beweist die Praxis immer wieder, dass krankes Schalenwild, sofern nicht beunruhigt, schnell das Wundbett aufsucht, sodass sich die Nachsuche am nächsten Tag umso einfacher gestaltet. Doch der nächste Tag war ein Dienstag und brachte, wie der Name schon so schön sagt, für mich die Verpflichtung, meinem Arbeitgeber mit all meiner Leistungskraft zur Verfügung zu stehen. Zudem befürchtete ich, das Stück durch das so zahlreich vertretene Schwarzwild zu verlieren, denn meine schwarzen Freunde zeigten sich einer deftigen Mahlzeit nie abgeneigt. Es dunkelte immer mehr, und falls wir an diesem Abend noch irgendetwas erreichen wollten, mussten wir uns sputen. Also auf zu Uwe und seinem Charlie.

Ersterer hatte bereits seine Ruheposition vor dem Fernseher eingenommen, und es bedurfte einiger Überredungskünste, ihn von der unabdingbaren Notwendigkeit des Vorhabens zu überzeugen. Zu uns gesellte sich noch Jagdfreund Achim, der als Reviernachbar den Schuss vernommen hatte und wie selbstverständlich mit Rat und Tat und natürlich Gewehr zur Verfügung stand. Nachdem Achim und ich die strategisch wichtigen Positionen bezogen hatten, begann Uwe mit der Nachsuche am langen Riemen. Doch bereits nach kurzer Zeit verhedderte sich der Schweißriemen so hoffnungslos im dichten Gestrüpp, dass er dieses erfolglose Unterfangen aufgab und Charlie kurzerhand schnallte. Dieser stürmte auch, von der plötzlichen Freiheit ungemein beflügelt, munter drauflos. Nur kurze Zeit später machte er das Stück aus, wie seine Jauchzer in allen Tonlagen eindrucksvoll unterstrichen. Kreuz und quer ging die wilde Jagd durch das dicht bestockte Bruch, doch nur Charlies Fährtenlaut ließ erahnen, in welchem Teil des Birkengestrüpps sich die beiden Kontrahenten gerade befanden, denn zu sehen war nichts. Zu allem Überfluss brach die Dämmerung herein, sodass eine für uns positive Wendung möglichst schnell vonstatten gehen musste. Da, endlich Standlaut, gar nicht weit von meinem Lauerplatz entfernt. Also rein in das Zweiggewirr und leise voran, doch, Herrgott noch einmal, bereits nach wenigen Schritten ging der Standlaut wieder in Hetzlaut über. Ich kniete währenddessen lauernd am feuchten Moorboden und verfluchte mich und meinen leichtfertigen Schuss. Doch was war das? Da schob sich der Spiegel eines Rehs schrittweise auf eine winzige Blöße, während das Haupt tief gesenkt den ständig angreifenden Charlie abwehrte. Kaum bot sich mir das Blatt, dröhnte der Schuss durch die Dämmerung, und der Hund saß dem verendeten Stück mit wutverdrehten Augen an der Drossel. Betroffen hielt ich eine ganze Weile inne, um dann die geschundene Ricke mitsamt anhaftendem Teckel – denn der dachte nicht daran loszulassen – aus der Dichtung zu ziehen. Schon eilten die Freunde zu mir, klopften mir auf die Schulter und freuten sich mit mir über diesen glücklichen Ausgang. Ich glaube, ich habe diesen Satz schon einmal geschrieben, doch ich kann ihn nicht genug wiederholen. Was wäre die Jagd ohne Freunde und einen vierbeinigen Helfer?

Wieder hielt der Winter Einzug, wieder fiel der Schnee, und wieder verbrachte ich die Nächte mit Achim auf dem Hochsitz oder auf der Pirsch. Diesmal wählten wir einen geräumigen Hochstand in seinem Jagdrevier, der sich an einer großen Wiese befand, die an das eben beschriebene Moorstück meines Reviers angrenzte. Da die Sauen, denn ihnen galt der abendliche Ansitz, in aller Regel nicht vor 21 Uhr auf die offenen Wiesen auswechselten, richteten wir uns erst einmal behaglich ein. Ab und zu nippten wir an unseren Magnumdosen, sprich an dem mitgebrachten halben Liter Bier, und begannen leise flüsternd zu philosophieren. Ich weiß, viele Jäger werden jetzt entsetzt den Kopf schütteln, denn Konversation auf dem Hochstand ist für sie ein Gräuel. Ich gebe offen und ehrlich zu, dass ich in dieser Beziehung zwiespältig veranlagt bin und die Präferenz für Einsamkeit und Stille oder aber gemeinsame Jagd inklusive Gedankenaustausch sehr stark von meiner jeweiligen Stimmungslage abhängig ist.

Ich jedenfalls habe die gemeinsamen Ansitze in einer geräumigen Kanzel mit Achim sowie den gemütlichen Gedankenaustausch sehr genossen. Wir sprachen viel über vergangene Zeiten, über Jagd, Politik und das alltägliche Leben in der damaligen DDR: über Vorzüge – bitteschön, auch die hat es gegeben –, aber auch über die diversen Alltagsprobleme, die dieses politische und wirtschaftliche System mit sich gebracht hatte. Sowohl für mein Selbstverständnis als auch für meine Fähigkeit, Reaktionen und Verhaltensweisen der Mitmenschen in meinem Umfeld nachzuvollziehen, stellten diese Gespräche für mich eine wesentliche Grundlage dar. Es ist ja so leicht, alles schlecht zu reden, an allem kein gutes Haar zu lassen und überheblich den Kopf zu schütteln. Doch erst wenn man die Hintergründe und die Zusammenhänge erfasst und analysiert hat, ist man auch in der Lage, Sachverhalte relativ neutral und rational zu bewerten. Wer weiß, vielleicht urteilen kommende Generationen genauso hart und kompromisslos über unser heutiges Wirtschaftssystem und die Ressourcenverschwendung, die wir betreiben.

Doch lassen Sie uns zurückkehren zu der winterlichen Ansitzjagd. Achim schaute auf die Uhr. Kurz vor acht zeigte der Chronometer an, also noch viel Zeit für einen herzhaften Schluck aus der Bierdose. Doch urplötzlich lösten sich aus dem Schatten des Moores schwarze Schatten und strebten in flotter Gangart der Mitte der vor uns liegenden Wiese zu. Dieser unerwartete Überfall löste bei uns eine Reihe hektischer Reaktionen aus. Bier weg, Gewehre vorsichtshalber in Anschlag gebracht und durch das Zielfernrohr den Anmarsch der schwarzen Invasion genauestens beobachtet. Eine Überläuferrotte brach ungeniert und in der typischen Hektik keine sechzig Meter vor uns im Wiesengrund. Wir beschlossen, abzuwarten und die Sauen noch näher an die Kanzel kommen zu lassen, da Achim zu dieser Zeit eine Doppelflinte, mit Flintenlaufgeschossen bestückt, führte und ihm die jetzige Distanz noch zu weit erschien. Doch auf einmal verspürten wir eine leichte, kühle Brise im Nacken. Der Wind drehte sich. Schon warfen die Sauen vor uns auf und erstarrten zur Salzsäule. Einen Wimpernschlag mehr, und wir würden nur noch wippende Hinterteile und aufgestellte Pürzel sehen. Doch schon sprach meine 9,3 x 62, denn ich hatte wohlweislich den mir am nächsten stehenden Kujel nicht mehr aus dem Fadenkreuz gelassen. Die Rotte ging hochflüchtig ab und verschwand zwischen den Birken des Moores, leider auch das von mir beschossene Stück. Also runter vom Hochstand und erst einmal den Anschuss kritisch untersucht. Dort fanden wir jede Menge Schnitthaar und Leberschweiß. Langsam pirschten wir quer über die Wiese der Fluchtfährte hinterher und standen nur wenig später an der Dickungskante. Hier bildete das sperrige Gestrüpp einen tunnelartigen Durchgang, dessen Ende in einer wenig vertrauenerweckenden Düsternis endete.

Achim und ich blickten uns an und schüttelten, ohne überhaupt ein Wort gesprochen zu haben, den Kopf. Hier auf allen vieren hineinzukriechen und womöglich auf die noch lebende Sau zu stoßen, grenzte an Selbstmord. Wieder schauten wir uns an, und wie aus einem Munde ertönte nur ein Wort: »Charlie«.

Ich holte Uwe samt Charlie mit meinem mit Breitreifen bestückten Geländewagen von zu Hause ab. Glücklicherweise verhinderte der Frost ein Einsinken des Wagens auf der moorigen Wiese, sodass ich bis an die Bestandskante, an der Achim bereits ein wenig durchgefroren Wache schob, vorfahren konnte. Da er keine besonderen Vorkommnisse meldete, setzte Uwe den Teckel am Einwechsel an und ließ ihn erst einmal frei verloren suchen. Charlie fegte wie ein Sturmwind – es ist doch immer wieder faszinierend, wie schnell so kleine, krumme Beine laufen können – durch den »Tunnel« und gab bereits nach wenigen Minuten Laut am bereits verendeten Stück. Nachdem die Vorhut derart erfreuliche Nachrichten verkündete, trauten auch wir uns in das Gestrüpp und schleiften mühsam die Überläuferbache aus dem Bestand. Während Achim und ich das Stück dann zum parkenden Wagen brachten, legte Uwe seinen Hund ab und selbst eine Pause ein. Danach folgte er uns zum Auto, und bei dem anschließenden Austausch über die hinter uns liegenden Ereignisse vergaßen wir glatt den Hund und fuhren Richtung Dorf. Erst kurz bevor wir die heimatlichen Gefilde erreichten, fiel uns das Fehlen unseres Jagdkumpans auf. Also umgedreht und zurück auf die Wiese. Überall setzten sich Maulwurfshügel dunkel vor dem hellen Weiß des Schnees ab. Dort, wo ich den Teckel ungefähr vermutete, hielt ich und Uwe leuchtete das Umfeld ab. Ein feines Winseln ließ ihn die Taschenlampe hinter das Auto führen. Dort lag unser kleiner Held, fünf Meter hinter uns und zehn Zentimeter von den Breitreifen meines Autos entfernt. Uns allen liefen heiße Schauer über den Rücken bei dem Gedanken, was alles hätte passieren können. Doch andererseits hätte Charlie seine Nervenstärke nicht eindrucksvoller unter Beweis stellen können.

Manchmal gehört auch Mut dazu

Seien Sie doch einmal ehrlich. Wer von Ihnen kann sich nicht an die eine oder andere Mutprobe entsinnen, die er im Laufe seines Lebens hinter sich gebracht hat? Ich gebe ja offen zu, dass die meisten Mutproben, rückblickend betrachtet, schlichtweg unsinnig waren und man heute nur noch missbilligend oder doch zumindest milde lächelnd den Kopf darüber schüttelt. Ich selbst mag so etwa zehn Jahre alt gewesen sein, als ich gemeinsam mit einem Nachbarjungen die nahe gelegene, stillgelegte Kieskuhle als idealen Tummelplatz entdeckte und alsbald mit Beschlag belegte. Wir bauten Höhlen und Tunnel, spielten in dem kniehohen, verdorrten Gras Indianer, führten ein spannendes Trapperdasein und fühlten uns dabei frei und unabhängig. Nun gehört zu einem richtigen Trapper natürlich auch ein anständiges Lagerfeuer, und so zählten zum ständigen Inhalt unserer Hosentaschen Streichhölzer oder ein Feuerzeug. Wie wir nun auf den Gedanken kamen, weiß ich nicht mehr ganz genau, doch ich glaube, es handelte sich um einen Naturfilm, der unter anderem einen Steppenbrand in Afrika zeigte. Von diesem Naturschauspiel inspiriert, entzündeten wir kurzerhand das trockene Gras in der Kieskuhle und betrachteten fasziniert das knisternde Feuer, das sich langsam, aber beständig ausbreitete. Das Elternhaus meines Zündelkumpans oder besser das dazu gehörige Grundstück grenzte nun direkt an einen Hang der Kieskuhle. Die Grundstücksgrenze wurde durch Fichten markiert, die der Vater meines Freundes einige Jahre vorher im Schweiße seines Angesichts gepflanzt hatte. Während wir noch versonnen auf unseren Buschbrand im Miniformat blickten, kam es, wie es kommen musste. Eine heftige Windbö fachte den Brand erst richtig an und trieb die Flammen den Hang empor. Wie die Wilden schlugen wir mit unseren Jacken auf das Feuer ein, doch es nützte alles nichts. Schon gingen die ersten Fichten zischend und prasselnd in Flammen auf und riefen den entsetzten Grundstückseigentümer auf den Plan. Mit Hilfe seiner älteren Söhne und zweier Wasserschläuche vollbrachte er ein kleines Wunder und löschte den Brand. Letzte Funken stoben noch durch die Luft, da setzte es für meinen Freund bereits eine tüchtige Tracht Prügel. Ich entzog mich der irdischen Gerechtigkeit durch einen Spurt, wobei mich, Ironie des Schicksals, zu Hause ebenfalls der »Segen« meines Vaters empfing, als er die versengte Jacke entdeckte.

Eine andere Mutprobe, die ebenfalls in der Kieskuhle stattfand, hätte fast ein tragisches Ende genommen, sodass ich Sie Ihnen unter dem Stichwort »Nicht zur Nachahmung empfohlen« erzählen möchte.

Der Kreis der grabefreudigen Höhlenbewohner wuchs und wuchs, sodass sich zeitweise bis zu zehn Jungen tonnenweise Kies und Geröll gegenseitig um die Ohren schaufelten. Einer der tüchtigen Spatenakrobaten, wir nennen ihn einfach Karlchen, brachte eines Tages einen alten Feuerwehrhelm, wahrscheinlich aus dem Fundus seines Großvaters, mit in die Kieskuhle. Dabei wurde er nicht müde, die absolute Schlagfestigkeit dieser metallenen Kopfzierde lautstark zu preisen, bis es allen nach anfänglicher Bewunderung furchtbar auf die Nerven ging. Irgendwann fiel dann der Aufsehen erregende Satz: »Ihr könnt mir auf den Helm schlagen, mit was ihr wollt, mir macht das nichts aus!«

»Auch nicht, wenn ich den Spaten nehme?«, lautete die heimtückische Gegenfrage. Doch Karlchen traute der Güte und wahrscheinlich den Ausführungen seines Großvaters voll und ganz. »Hau nur feste zu, du wirst schon sehen, mir macht das nichts!«

Er stellte sich in Positur, legte Arme und Hände militärisch straff an die Hosennaht und rückte den Helm noch ein wenig hin und her. Mit zusammengebissenen Zähnen und starrem Gesicht, aber voller Zuversicht, erwartete er den Schlag. Lothar, der größte und stärkste von uns Jungens, hob den Spaten und schlug mit aller ihm zu Gebote stehenden Kraft zu. Es schepperte gewaltig, als Metall auf Metall traf, und gespannt erwarteten wir Karlchens Reaktion. Durch die Wucht des Spatenhiebes knickte er ein wenig in den Knien ein und einer rief: »Na Karlchen, wie war's?«

Karlchens Mundwinkel verzogen sich zu einem Grinsen. »Ich hab gar nichts gemerkt!«, entgegnete er, während ihm bereits das Blut rechts und links am Kopf herablief. Sprach es, wurde blass und schlug, immer noch in militärisch einwandfreier Haltung, der Länge nach hin. Alle starrten ihn ungläubig und entsetzt an, während einer meiner Freunde eine erste medizinische Diagnose vornahm: »Nach Luft schnappen tut er jedenfalls noch!«

Wie dem auch war, wir fühlten uns doch etwas mulmig in unserer Haut und eilten nach Hause, um kompetente Unterstützung zu erbitten. Die so auf den Plan gerufenen Erwachsenen tätschelten Karlchen dann fürsorglich die Wangen, tupften behutsam das Blut von seinen Wangen und lüfteten vorsichtig den Helm. Damit lüftete sich auch das Geheimnis der verheerenden Wirkung der Spatenattacke. Karlchen hatte nämlich vergessen, den Kinnriemen ordnungsgemäß umzuschnallen, sodass dieser nun zwischen Helm und Kopf zu liegen kam. An diesem Kinnriemen befand sich wiederum eine Schnalle mitsamt Dorn, der sich bei dem Schlagabtausch tief in die Kopfhaut gebohrt hatte. Wie gesagt, nicht zur Nachahmung empfohlen.

Obwohl diese Geschichte die nachteiligen Auswirkungen einer Mutprobe beschreibt, bin ich nach wie vor der Auffassung, dass diese durchaus bedeutungsvoll für das spätere Leben sein können und daher pädagogisch außerordentlich wertvoll sind. Eine Mutprobe bestehen heißt über den eigenen Schatten zu springen und Ängste zu überwinden. Doch es kann manchmal genauso viel Standfestigkeit und Charakter erfordern, auf eine Mutprobe zu verzichten und sich damit aus einer Gruppe, zu der man eigentlich gern gehören möchte, auszugrenzen. Ich denke dabei insbesondere an die Drogenproblematik. Diese Gratwanderung zu meistern und unsere Kinder dafür zu sensibilisieren, stellt wiederum die pädagogische Herausforderung für uns Eltern dar.

Auch auf der Jagd auf wehrhaftes Wild, und dazu gehört nun einmal unser Schwarzwild, kann es zum Schwur unter Jagdkameraden kommen, trennt sich manchmal die Spreu vom Weizen. Dies umso mehr, da die Bejagung dieser schwarzen Ritter der Nacht das Lieblingsthema des Jägerlateins bildet. Vom blitzschnell angreifenden grimmen Bassen wird da berichtet, der den edlen Jägersmann in dunkler Nacht über den Haufen rennt und Stück für Stück verwurstet. Derartige Gräuelgeschichten trugen natürlich erheblich dazu bei, jede Nachsuche, egal ob auf Keiler, Bache oder Frischling, zu einem Abenteuer mit ungewissem Ausgang werden zu lassen und bei allen Beteiligten den Adrenalinspiegel in die Höhe zu treiben.

Doch wenn auch viele Schauermärchen in die Welt der Fabel zu verweisen sind und es sich bei unseren Sauen keineswegs um reißende Tiger handelt, ist dennoch ein gewisser Respekt vor der Kraft und Schnelligkeit dieses Wildes am Platze. Denn fühlt sich ein Schwarzkittel erst einmal bemüßigt, sein Gegenüber anzunehmen, tut er es brachial und bedingungslos. Ich erinnere mich beispielsweise an einen Revierförster, der an einer Suhle auf einen starken Keiler schoss, der anscheinend im Knall verendet zusammenbrach. Voller Freude über die starke Beute trat der Schütze arglos an das gestreckte Stück heran. Urplötzlich stand der Keiler wieder auf den Läufen, um mit einem blitzschnellen Hieb den Schaftstiefel des Jägers vom Knöchel bis fast unter das Knie aufzuschlitzen. Ein schneller Fangschuss zwischen die Lichter beendete dann sogleich weitere Tätlichkeiten.

Heute hängt der Stiefel neben den wirklich beeindruckenden Keilerwaffen an der Trophäenwand. Nicht auszudenken, wenn der Förster statt der Leder- nur Gummistiefel getragen hätte. Sicherlich hinge dann nicht nur der Stiefel an der Wand.

Doch zurück nach Kirchdorf und in das eigene Revier. Alle bisherigen Nachsuchen, die ich selbst durchführte oder an denen ich zumindest teilnahm, geschahen im Beisein meiner Freunde Achim oder Uwe, sodass ich mich blind auf meine Mitstreiter verließ. Während Uwe seinen Charlie auf der Schweißfährte führte, leuchtete Achim die finsteren Fichtendickungen aus, während ich, bestückt mit Langwaffe oder Revolver, für den möglichen Fangschuss die Verantwortung trug.

Eines Tages nun fand sich unerwartet Besuch aus Schleswig-Holstein bei uns ein. Ich kannte den Mann, nennen wir ihn Holger, zwar nur flüchtig aus dem schon vor Jahren gemeinsam bestrittenen Vorbereitungskurs zur Jagdscheinprüfung sowie von einigen Treibjagden, aber wir freuten uns doch, mal wieder etwas aus der alten Heimat zu hören. Als ich Holger dann von meiner kleinen Jagd mit den hohen Schwarzwildbeständen berichtete, bestürmte er mich förmlich, einmal einen Ansitz auf Sauen miterleben zu dürfen, da in dem Revier, in dem er jagte, keine Sauen vorkamen. Dieser Bitte kam ich auch gern nach, denn es lag jetzt, Ende Januar, noch ausreichend Schnee, und die Sauen suchten die Kirrung regelmäßig auf.

Bereits gegen 17 Uhr rückten wir von zu Hause ab und richteten uns keine fünfzehn Minuten später gemütlich auf der Flaschenkanzel ein. Es dauerte nur wenige Minuten, da hörten wir die Sauen bereits im Bestand rumoren, doch es verging fast eine halbe Stunde, bis drei starke Frischlinge vorsichtig und immer wieder sichernd von links an die Kirrung zogen. Holger zitterte vor Aufregung am ganzen Körper und begann zu allem Überfluss auch noch leise mit sich selbst zu reden. Ich hatte vorsichtshalber den Repetierer bereits in Kampfstellung gebracht und wartete nur noch auf eine günstige Gelegenheit. Ob die ohnehin schon beunruhigten Sauen das Gestammel meines Hochsitznachbarn vernommen hatten oder ob andere Gründe eine Rolle spielten, weiß ich nicht. Zumindest spritzten die drei plötzlich auseinander und preschten in Richtung Fichtendickung. Dort beging einer der Frischling den entscheidenden Fehler, kurz vor der Dickungskante noch einmal zu verhoffen. Schon krachte die 9,3 x 62, der Frischling klagte und verschwand in den Fichten.

Es krachte und splitterte, unüberhörbar floh der Beschossene die Fichtenstämme an. Beruhigt lehnte ich mich zurück. Denn flüchten Sauen derart unkontrolliert und lärmend, sitzt der Schuss im Leben. Gefehlte Sauen hingegen verschwinden völlig lautlos. Nach einiger Zeit begaben wir uns erst einmal zum Anschuss, um dort nach dem Rechten zu sehen. Wir fanden Lungenschweiß wie ausgegossen und eine gut sichtbare Schweißfährte, die in die Fichten führte.

Diese Erfolg versprechende Ausgangsposition bewog mich dazu, gleich einmal in der Dickung nachzusehen, da ich davon ausging, das Schweinchen nur noch aus seinem letzten Versteck herausziehen zu müssen. Mit einem viel sagenden Blick drückte ich Holger die Taschenlampe in die Hand. Dieser blickte mich entgeistert an: »Du willst doch nicht etwa da hineinkriechen?«

»Du glaubst doch nicht etwa, die Sau kommt von allein!«, entgegnete ich und schob ihn Richtung Fichtendickung. Ich stieß dabei auf erbitterten Widerstand und vehemente Ablehnung.

»Nun sei doch kein Hasenfuß!«, reagierte ich schon ein wenig verärgert. »Die Sau ist doch längst verendet, also keine Gefahr!«

Mit zitternden Händen leuchtete er vor mir her, und wir drangen in die Dickung ein. Wir hatten noch keine zehn Meter zurückgelegt, da krachten Äste, wir vernahmen ein gurgelndes Schnauben und einen kurzen Rumpler. Dann umfing uns wieder Stille. Während ich die 9,3 vor das Gesicht nahm, um einen möglichen Frontalangriff abzuwehren, umgab mich plötzlich Dunkelheit. Denn mein wackerer Kamerad hatte die Taschenlampe in großem Bogen von sich geschleudert und flüchtete mit viel Getöse und schrillen Angstschreien aus den Fichten.

Da von Seiten der Sau keine weiteren Attacken gestartet wurden und es um mich herum ruhig blieb, suchte ich erst einmal fluchend nach der Taschenlampe, die sich in den Ästen einer Fichte verfangen hatte und von dort ein fahles Licht warf. Viel war jetzt doch nicht mehr zu verderben. Die Taschenlampe in der linken, das Gewehr in der rechten Hand, leuchtete ich die Fluchtfährte weiter aus und stieß bald auf den verendeten Schwarzkittel. Ob es sich bei dem Ausfall nur um eine letzte Flucht handelte oder aber wirklich ein Angriff erfolgen sollte, wird für immer ein Geheimnis des Frischlings bleiben. Schwitzend und schimpfend zog ich den 60-Pfünder aus der Dickung. Meinen so genannten Jagdkameraden sammelte ich später am abgestellten Auto auf. So trennt sich die Spreu vom Weizen.

Der Dürresommer

Wer wartet wohl nicht auf den Sommer mit all seinen angenehmen Begleiterscheinungen? Kurze Hosen und T-Shirts werden wieder aus den Tiefen des Kleiderschrankes herausgewühlt, laue Sommerabende laden ein zum gemütlichen Plausch oder zum vergnüglichen Grillen mit Freunden und Bekannten. An den Küsten der Meere und an den Binnenseen herrscht reges, ausgelassenes Treiben. Die Sonne scheint ohne Ende, und das Leben ist einfach rundherum lebenswert! Alles schimpft jedoch über einen regnerischen, trüben Tag, der so gar nicht ins Bild eines Supersommers passt.

Doch wehe, wenn ein solcher Sommer Realität wird, wie wir es Anfang der Neunzigerjahre in Vorpommern erleben durften. Ein Tag glich dem anderen, jeden Tag brannte die Sonne unbarmherzig auf das verdorrte Land. Zu Beginn dieser Dürreperiode freute sich noch jeder über die angenehmen Temperaturen und die immensen Einsparungen durch die Stilllegung der Heizungsanlagen. Doch mit jedem Tag, an dem man mit verschwitztem Hemd aus dem Auto stieg und die Zunge vor Durst am Gaumen klebte, sehnte man sich mehr nach einem kühlenden, Erlösung bringenden Gewitterregen. Besonders in der Landwirtschaft stiegen die Ernteeinbußen mit jedem weiteren Sonnentag dieser mehrwöchigen Dürre.

Ich selbst wähnte mich in der ersten Zeit auf der sicheren Seite, denn meinen fünfzehn Rindern und zwei Pferden stand immerhin eine knapp dreizehn Hektar große Weidefläche zur Verfügung, die es mir normalerweise immer gestattete, zusätzlich noch Silage und Heu einzufahren. Doch irgendwann begann auch auf meinem Hof der Zeitpunkt der großen Not. Zusehends verwandelte sich die sonst so grüne Grasfläche in eine gelbe, verdorrte Steppenlandschaft. Nur einzelne, vollkommen verhärtete Grasbüschel ragten hier und da aus dem staubtrockenen Erdreich hervor, waren jedoch für die Rinder, die das Gras ja bekanntlich mit der Zunge abreißen, nicht verwertbar. Um diese Gräser zumindest noch als Heuersatz zu nutzen, begann ich, sie parzellenweise mit dem Kreiselmäher abzumähen. Meine Rinder fielen auch mit Heißhunger über dieses kärgliche Menü her. Dabei ereignete sich eines Tages ein wirklich nicht alltäglicher Vorfall. Aufgrund des beständig trockenen Wetters und der Notwendigkeit des täglichen Abmähens, wahrscheinlich auch aus einer gewissen Trägheit heraus, verzichtete ich darauf, den Trecker abends ordnungsgemäß wieder in den Schuppen zu fahren. Stattdessen ließ ich den bewährten Deutz einfach auf der Koppel stehen. Er erfreute sich alsbald einer großen Fangemeinde, denn meine Rinder erkannten fast augenblicklich seine Vorzüge als Schattenspender. Vielleicht war es auch nur seine grasgrüne Farbe, die angenehme Erinnerungen an das schmackhafte Gras aufkeimen ließ. Ich weiß es nicht. Jedenfalls umlagerten sie tagsüber den lieb gewonnenen Traktor oder wetzten das juckende Fell an allen möglichen und unmöglichen Stellen. Meine Mutter, kurz zu einer Stippvisite in Kirchdorf eingetroffen, hörte an diesem bewussten Tag von der Küche aus das monotone Tuckern des Deutzmotors. Ich selbst hielt mich, so wie es sich gehört, zu dieser Zeit in meiner Dienststelle auf und ahnte nichts von den befremdlichen Geschehnissen bei mir zu

Hause. Meine Frau, die sich gerade um unsere Neugeborene kümmerte, wiegelte kurzerhand ab. Sicherlich hätte sich einer unserer Nachbarn kurz den Trecker ausgeliehen, was hin und wieder vorkam und auch so vereinbart war. Als jedoch das Motorengeräusch eine volle Stunde später immer noch vom gleichen Ort in schönster Gleichmäßigkeit erklang, ergriff meine Mutter energisch die Initiative und blickte erst einmal um die Ecke. Der Anblick, der sich ihr bot, ließ ihr erst einmal den Atem stocken. Fuhr dort doch mein Trecker, mit einem Vorderrad gegen einen glücklicherweise stabilen Koppelzaun »anrennend«, auf der Stelle, während sich die Hinterreifen bereits tief in den betonharten Untergrund eingegraben hatten. Vom Fahrer fehlte jede Spur, nur die Rindviecher standen quasi als nicht zahlende Zaungäste rundherum und stierten teilnahmslos auf das Spektakel. Wäre der Eichenpfahl nicht gewesen, wer weiß, wo der Blindflug des führerlosen Treckers dann geendet hätte. Meine inzwischen ebenfalls alarmierte Frau holte einen zufällig an diesem Tag und zu dieser Stunde beim Nachbarn tätigen Landmaschinenschlosser herbei, der ihr ziemlich widerstrebend und ungläubig folgte. Allem Anschein traute er den doch ziemlich konfusen Erläuterungen meiner Frau nicht so recht. Doch vor Ort musste er sich eines Besseren belehren lassen, denn unverdrossen wühlten die Hinterräder in der Erde. Kopfschüttelnd legte er den Leerlauf ein und versuchte den Motor abzuschalten, doch vergebens. Er schraubte hier, drehte da, doch ohne merkliches Resultat. Nachdenklich kratzte er sich mit einer Hand am Kopf, während er die andere auf die Motorhaube legte. Und wie sich eine aufgeregte Katze, die hinter den Ohren gekrault wird, langsam wieder beruhigt, ebbte das Motorengeräusch allmählich ab, und plötzlich war der Trecker wieder aus. Eine nachträgliche Recherche ergab, dass mit größter Wahrscheinlichkeit die Rinder bei ihren Kratz- und Scheuerorgien irgendwo am Motor eine Überbrückung verursacht hatten, die dann zum Starten des Motors führte. Der hilfsbereite Landmaschinenschlosser erklärte mir später die Zusammenhänge, doch ich habe den Sachverhalt damals nicht begriffen und weiß es auch heute noch nicht besser.

Irgendwann waren die letzten Halme dann auch aufgezehrt, und die Rinder forderten muhend und blökend ihr Recht auf ausreichende Ernährung. Futtervorräte, die eigentlich für den kommenden Winter vorgesehen waren , fielen den ewig Hungrigen zum Opfer und mussten später teuer hinzugekauft werden. Der Staat beteiligte sich zwar finanziell an den Dürreschäden, aber für viele Vollerwerbslandwirte stand damals die Existenz auf dem Spiel. Lobend erwähnen möchte ich an dieser Stelle den Kreisbauernverband, der sich um die entsprechenden Anträge kümmerte. Hier wurde Solidarität nicht nur kommuniziert, sondern auch gelebt.

Die Heuernte vollzog sich zu Beginn dieses Dürresommers jedoch so maschinenfreundlich wie noch nie. Kehren und Schwaden ersparte ich mir. Ich mähte das Gras in den Klintwiesen und an den Spurbahnen, die zum Wald und in die Feldmark führten, und presste einige Tage später das durchgetrocknete Heu einfach auf, ohne es auch nur einmal zu kehren. Als ich mich eines Abends so gegen 21 Uhr mit Trecker und Heupresse auf dem Rückweg befand, wechselte kurz vor mir eine Bache mit ihren Fröschen aus dem Wald über den

Weg, um auf die dahinter liegenden Moorwiesen zu gelangen. Leider verfügte die Bache noch nicht über den neuesten Informationsstand, da mein Nachbar die Wiese mit einem Strom führenden Weidezaun eingefriedigt hatte, um am nächsten Tag die Jungstiere dorthin zu jagen. Die voraneilenden Frischlinge störte dies wenig, da sie unbehelligt unter der Absperrung hindurchschlüpfen konnten. Als die Bache jedoch, immer ängstlich um ihren Nachwuchs besorgt, Gleiches beabsichtigte, erhielt sie einen empfindlichen Stromschlag, quiekte erschrocken und prallte wie ein Gummiball zurück. Die Frischlinge scherten sich offenkundig wenig um die Schmerzen und den Schreck ihrer Mutter, denn sie schwärmten fröhlich auf der Wiese aus. Die Bache raste wie eine Besessene am Draht auf und ab, während die Luft vom aufgewirbelten Staub erfüllt war. Das kaum sichtbare Hindernis zu überwinden wagte sie jedoch nicht.

Nachdem ich das respektlose Verhalten des Nachwuchses einen Moment lang amüsiert beobachtet hatte, überwog doch das Mitleid mit der besorgten Mutter, und ich entschloss mich, aktiv an der Familienzusammenführung mitzuwirken. Ich kletterte vom Trecker, klatschte einige Male energisch in die Hände und rief lautstark: »Bettzeit!«

Während die Frischlinge dieser Aufforderung schnellstens Folge leisteten und im wahrsten Sinne des Wortes im Schweinsgalopp zu ihrer Mutter eilten, empfand diese meinen Auftritt allem Anschein nach als unangemessene Einmischung in ihre internen Familienangelegenheiten. Mit hoch aufgestellen Borsten nahm sie mich, ohne zu zögern, an. Doch kaum war die ungehorsame Jugend wieder an den Rockzipfel zurückgekehrt, reduzierte sich die Größe der Bache um die Hälfte, und flugs verschwand der Spuk wieder im Dunkel des Waldes.

Eine weniger amüsante Überraschung erlebte ich am folgenden Tag. Noch wenige Tage zuvor hatte auch ich Teile der Moorwiesen als Viehweiden genutzt, die Tiere jedoch dann wegen des akuten Grasmangels zur Hausweide gebracht. Nun schickte ich mich an, den Wasserwagen ebenfalls auf den Hof zurückzuholen, doch so sehr ich auch suchte, der Wagen war weg. Ungläubig suchte ich die gesamte Feldmark ab, denn wer sollte sich schon die Mühe machen, einen alten klapprigen Wasserwagen zu stibitzen. Ein Stückchen weiter lief das Vieh einer ehemaligen LPG, und ich wagte meinen Augen nicht zu trauen, stand doch mein Wasserwagen inmitten der großen Herde. In solchen Momenten handelt man aus dem Affekt heraus, und ohne große Umschweife hakte ich den Wasserwagen an und brachte ihn nach Hause.

Es vergingen keine zwei Stunden, da stand unvermittelt der für die Betreuung der Herde zuständige Mitarbeiter auf meinem Hof, krakeelte aus vollem Hals und gestikulierte dabei beeindruckend mit beiden Armen. Ich trat aus dem Haus, wurde bemerkt, und schon prasselte eine wahre Flut von Beschimpfungen und Androhungen jedweder Art auf mich herab. Hier sei angemerkt, dass besagter Mann mich, egal wo, immer geflissentlich übersehen hatte. Jeder Gruß war unbeachtet geblieben. Ich stemmte beide Arme in die Hüften, stellte mich breitbeinig in Positur und schaffte es tatsächlich, sein Gekeife zu übertönen:

»Wenn hier einer auf diesem Hof schreit, bin ich es, dass du es weißt. Selbstverständlich hättest du den Wasserwagen nutzen können, wenn du mich vorher gefragt hättest, denn hier am Haus brauche ich ihn nicht. Doch Dinge sang- und klanglos wegzunehmen, das wird es auch in der DDR nicht gegeben haben, hat nämlich etwas mit guter Kinderstube zu tun. Nun verschwinde von meinem Hof!«

Ob Sie es glauben oder nicht, seitdem grüßte er freundlich und fand immer ein nettes Wort, wenn wir uns irgendwo trafen.

Nur zwei Tage später erschien ein Freund aus dem Dorf bei mir und teilte mir aufgeregt mit, ein »Wessi« würde auf seinem Weideland Vermessungen vornehmen und Pfähle einrammen. Also nichts wie rein ins Auto und die Sachlage prüfen. Auf sein Tun angesprochen, teilte mir der Mann selbstbewusst mit, er habe die Genehmigung der Gemeindevertretung und er plane hier den Bau von Einfamilienhäusern. Ich sagte ihm auf den Kopf zu, dass dies eine Lüge sei, war ich selbst doch Gemeindevertreter. Danach hielt ich ihm eine Standpauke, die sich gewaschen hatte.

Egal, ob aus Ost oder West, einigen Menschen fehlt es einfach am gegenseitigen Respekt und am Gefühl für einen vernünftigen, zwischenmenschlichen Umgang. Dies gilt es ihnen dann zu vermitteln – wenn es nicht anders geht, mit der groben Keule.

Wieder Tage später bahnte sich dann endlich der große Wetterumschwung an. Dunkle, schwere Wolken türmten sich am Himmel auf. Die Luft schien zum Schneiden dick, und jede Bewegung, jede körperliche Anstrengung fiel einem schwer. Ich fuhr noch einmal durch den Wald, um meine Kirrung zu beschicken und um einfach einmal nach dem Rechten zu sehen. Der Wald wirkte wie ausgestorben. Alles hielt den Atem an und wartete auf den so lange entbehrten Regen. Jeder Schritt ließ das vertrocknete Laub knistern und in Tausende, kleinste Teilchen zerfallen. Keine Amsel stocherte im staubtrockenen Waldboden, keine Meise turnte im Geäst, auch kein Kleiber rannte an den Stämmen der Bäume auf und ab. Wenn ich sonst auch die Waldeinsamkeit genieße, an diesem Tag spürte ich etwas Unheilvolles, Bedrohliches. Ich setzte mich wieder ins Auto und fuhr, so schnell es ging, den Waldweg hinunter, vergaß jedoch den Schlagbaum, der ungebetene Autofahrer abhalten sollte. In letzter Sekunde trat ich heftig auf die Bremse und kam kurz vor der Barriere zum Stehen. Sekundenschnell bildete sich eine dichte Staubwolke um das Auto und die uralte Eiche mit dem großen Loch im Stamm, die direkt am Schlagbaum stand. Ich stieg aus, öffnete und vernahm mit einem Mal ein tiefes Gebrumm. Schon brauste die erste Hornisse um meinen Kopf, und es folgten immer mehr. Sie schienen nur so aus dem Loch in der Eiche hervorzuquellen. Ich floh zurück ins Auto, schlug die Tür zu, und von diesem sicheren Beobachtungsposten aus schaute ich mir das ganze Treiben gelassen an. Interessanterweise flogen die Hornissen nicht etwa ziellos um das Auto herum, sondern versuchten durch die Scheiben hineinzugelangen. Ich gewann fast den Eindruck, als schauten sie mich durch das schützende Glas an. Einige krabbelten an den Kanten und Ritzen herum, um vielleicht dort ein Schlupfloch zu entdecken. Mir wurde zugegebenermaßen doch ein wenig mulmig. Da klatschte es groß, schwer und nass auf die Windschutzscheibe. Ein zweiter Tropfen folgte, dann noch einer und dann öffnete der Himmel sein Schleusen. Die stachelbewehrte Luftwaffe drehte ab und flüchtete zurück zum Stützpunkt in der alten Eiche. Die Zeit der großen Dürre war vorbei.

Wilddieberei

Kaum ein anderes Thema erhitzt die Gemüter in Jägerkreisen über die Jahrhunderte wie dieses. Insbesondere in süddeutschen Gefilden ranken sich wahre Mythen um Männer wie Jennerwein, die wagemutig und furchtlos durch Berge und Täler streiften, um mit sicherer Kugel den Gamsbock oder den edlen Hirsch auf die Decke zu legen. Ganze Romane beschreiben das gefährliche Leben in einsamen Berghütten, die zahllosen Feuergefechte mit Förstern und Jägern mit Toten und Verwundeten und die hasserfüllten Racheschwüre. Interessanterweise sind es dabei meist die Wildschützen, denen die Sympathie gilt, weniger die Hüter des Wildes sowie des Jagdrechtes, die doch für ihre berufliche Pflicht selbst mit Leib und Leben einstanden. Doch ließ sich wohl zu allen Zeiten das Leben und Treiben von Gesetzesbrechern besser vermarkten als das der Gesetzeshüter. Daran hat sich zu meinem Leidwesen auch heute wohl kaum etwas verändert.

Für mich persönlich ist Wilddieberei noch am ehesten tolerierbar, wenn sie aus Existenznot und Hunger begangen wird. In der heutigen Zeit wird dies jedoch der absolute Ausnahmefall sein. So berichtete unsere hiesige Tagespresse vor gar nicht so langer Zeit über eine Sozialhilfeempfängerin, die den halbzahmen Enten am Stadtteich nachstellte, um diese anschließend auf dem heimischen Herd zu brutzeln und zu verspeisen. Und ausgerechnet dieser lebenstüchtigen Dame wurde ein horrendes Bußgeld auferlegt, das sie nun über viele Raten hinweg an ihr unrechtes Tun erinnern soll. Ich jedenfalls hätte ihr den Entenbraten gegönnt. Ich empöre mich über ganz andere Motive, die heute in aller Regel zum Jagdfrevel führen. An erster Stelle sei hier der Jagdtrieb genannt, der innere Zwang zu jagen, zu erbeuten, zu erlegen. Das Wildbret spielt dabei eine eher untergeordnete Rolle. Beschönigend spricht man häufig von überschäumender Passion, die ich jedoch ganz und gar nicht tolerieren möchte.

Eine weitere Ursache ist die nackte Profitgier durch die Vermarktung des Wildbrets. In diesem Fall wird alles willkürlich niedergeknallt, was irgendwie nach verwertbarem Fleisch aussieht. Was ich über dieses schändliche Geschäft denke, brauche ich wohl nicht weiter auszuführen. Kommen wir zu einem weiteren unverständlichen Motiv, dem Jagdneid. Da wird mal so eben über die Reviergrenze hinweg auf Wild geschossen oder aber der nachbarliche Schlag beim Treiben mit einbezogen. Die Kirschen in Nachbars Garten schmecken scheinbar doch am süßesten. Sie behaupten, so etwas gäbe es nicht? Ich beweise Ihnen das Gegenteil.

Ein Jagdfreund saß eines Abends auf einer geschlossenen Kanzel an und wartete auf das Wild, das nun so langsam anwechseln sollte. Stattdessen entdeckte er am Grenzknick eine Person, in grünen Loden gehüllt, die auffällig den grünen Wall entlangschlich. Plötzlich wackelte das grüne Gezweig, und besagter Lodenträger stand unvermittelt auf der anderen Seite des Knicks und leuchtete mit dem Fernglas das Umfeld ab. Mein Freund sank blitzartig in sich zusammen, um nicht entdeckt zu werden, und wartete erst einmal ab. Unser Grenzgänger hielt die Luft für rein und strebte, die Waffe geschultert, der Baumgruppe zu, in der sich auch der Hochstand samt Benutzer befand. Mein Freund spähte angestrengt durch einen schmalen Schlitz zwischen den Hochsitzbrettern und erkannte – seinen Reviernachbarn. Als dieser sich fast unter dem Ansitz befand, steckte er oben den Kopf heraus und rief laut und vernehmlich: »Waidmannsheil, Herr Nachbar, ich glaube, du hast dich verlaufen!«

»Du hättest mal sehen sollen, wie schnell der Kerl laufen konnte und wieder über den Knick verschwunden war!«, erzählte er mir noch am selben Abend. Natürlich hat man mit einem solchen Reviernachbarn keine rechte Freude.

Allein schon der Verdacht der Wilderei oder des »grenzüberschreitenden Wildtransfers« lässt alle Waidmänner in hektischen Aktionismus verfallen und bringt die Gemüter der sonst so idyllischen Dörfer zum Überkochen. Folgende Geschichte spielte sich beispielsweise in zwei kleinen Dörfern während der letzten beiden Jahre vor dem Zweiten Weltkrieg 1938/1939 ab.

Da zu dieser Zeit gerade erst meine Mutter das Licht der Welt erblickte, können Sie sicherlich verstehen, dass ich diese Geschehnisse aus dem Fundus der mündlichen Überlieferung entnehmen musste und mich daher für die Richtigkeit und Vollständigkeit nicht verbürgen kann.

Zwischen diesen beiden Dörfern bildete ein kleines Bächlein die Reviergrenzen. Es sprudelt auch noch heute, wenn auch leider größtenteils verrohrt, munter vor sich hin. An diesem Bachlauf nun fanden sich, mal auf der einen, mal auf der anderen Seite, immer öfter Teile von Rehwild. Nicht etwa von einem verluderten Stück Rehwild, dessen Überreste Fuchs, Bussard und Krähen in alle Himmelsrichtungen verteilt hatten, sondern eben immer nur Einzelteile. Mal lag ein säuberlich abgetrennter Lauf im grünen Gras, eine Woche später fand sich ein abgeschärftes Haupt zwischen den Kieseln des Bachbettes. Dann wieder entdeckte ein Jäger sorgsam unter Laub und Gras verborgene Aufbruchteile. Doch das wirklich Befremdliche war, dass keiner in diesem Bereich überhaupt geschossen, geschweige denn etwas zur Strecke gebracht hatte. Doch in regelmäßigen Abständen meldete einer der Jäger den nächsten Fund. Unruhe breitete sich aus, die Jagdpächter befragten all ihre Jäger, doch die schworen Stein und Bein, dass sie ihre Gewehre überhaupt nicht benutzt hatten. Die Annahme, dass gewildert wurde, verdichtete sich somit zur Gewissheit.

Daraufhin erklärten die Pächter das Terrain um den Bachlauf zum befriedeten Bezirk. Bewaffnetes Eindringen ohne vorherige Anmeldung bei den Pächtern wurde mit drakonischen Strafen bedroht, doch auch diese Maßnahme brachte nicht den erhofften Erfolg. Schon begann die Jägerschaft, sich gegenseitig mit scheelen Blicken zu betrachten, einer observierte den anderen, denn bei jedem konnte es sich um den vermeintlichen Wilddieb handeln. Selbst die dörflichen Festivitäten wie Feuerwehrball und Vogelschießen litten unter den gegenseitigen Verdächtigungen, sodass der dörfliche Frieden erheblich ins Wanken geriet. Als dann der Amtsfeuerwehrball mit einer Massenschlägerei endete, erreichte der Dorfstreit seinen Höhepunkt. Ungläubiges Staunen löste dann der folgende Fund aus, denn zwischen sieben Rehläufen lag eine Schweinepfote von beeindruckender Größe. Rehe mit Schweinepfoten aber gab es in beiden Revieren nicht. Hier war etwas faul, darüber waren sich alle einig, und endlich setzten sich alle Betroffenen wieder an einen Tisch, um diesem Mysterium auf die Spur zu kommen. Einer der Jäger berichtete über eine Begegnung mit dem hiesigen Gastwirt, der mit einem Rucksack auf dem Rücken den Bachlauf entlanggewandert war. Es folgten Zwischenrufe, lautstarke Anmerkungen, plötzlich wollte jeder den wanderfreudigen Gastronomen schon einmal in der Nähe des Gewässers gesehen haben.

»Der Kröger kann damit doch nichts zu tun haben, der nimmt uns doch das ganze Wild ab!«, tönte es aus der kleinen Runde. Plötzlich herrschte nachdenkliches Schweigen, und die Pächter nickten sich viel sagend zu. Daher also die Menge an nicht verwertbaren Teilen. Vier Wochen später wurde der Gastwirt in flagranti ertappt. Warum er dieses widersinnige Spiel trieb, kam niemals offiziell heraus, da auch die ganze Geschichte dorfintern beigelegt wurde. Mündliche Überlieferungen glauben jedoch zu wissen, dass einer der Jagdpächter dem Gastwirt seinen heiß geliebten Hund angeblich beim Wildern erschossen hatte und dieser sich so an der Jägerei rächen wollte. Ganz böse Zungen behaupteten sogar, die Frau des Gastwirtes habe eine Affaire mit einem der Jäger gehabt. Da ich selbst rein gar nichts zur Aufklärung beitragen kann, überlasse ich es Ihrer Fantasie, sich über die wahren Gründe Ihre Meinung zu bilden.

Wie Sie den obigen Zeilen zweifelsfrei entnehmen konnten, finden Sie in mir einen erklärten Gegner der Wilderei, in welcher Form auch immer. Dazu zählt auch, und das wissen leider nur die wenigsten, die unberechtigte Inbesitznahme von Verkehrsfallwild sowie das Sammeln von Abwurfstangen. Dass ich als glühender Verfechter des bundesdeutschen Jagdrechts mich allerdings auch selbst einmal in die erlauchte Reihe der Wilddiebe und Wildschützen einreihen würde, hätte ich mir in meinen kühnsten Träumen nicht vorstellen können, doch Vorpommern machte es möglich. Als ich das kleine Revier Segebadenhau als späteren Standort meiner Flaschenkanzel übernahm, begleitete mich der zuständige Revierförster in meinen neuen Wirkungskreis, um mir die Grenzen, bevorzugte Wechsel und Einstände und die Reviereinrichtungen zu zeigen. Wir fuhren unter anderem an den Klintwiesen vorbei, die, rechts vom Hochwald und links durch einen Feldweg begrenzt, an ein Moor stießen. Am Ende dieses Feldweges grenzte wiederum eine große Wiese an, die sich am Hochwald bis zu einer Bahnlinie entlangschlängelte. Im Stillen ging ich davon aus, dass der Hochwald auf dieser Seite das Ende des Reviers bedeutete, doch der Förster belehrte mich eines Besseren. Im Gegenteil, er pries die Wiese als hervorragende Ansitzmöglichkeit für die Rehwildjagd. Ich selbst wunderte mich zwar über den eigenwilligen Grenzverlauf, nahm diese Ausführungen aber als willkommene Aufwertung des Reviers widerspruchslos hin und verzichtete auf die Aushändigung einer Revierkarte. Am darauf folgenden

Wochenende inspizierte ich erst einmal in aller Ruhe den zugeteilten Bereich Segebadenhau und in diesem Zuge natürlich auch die eben beschriebene Wiese. Keine siebzig Meter von der Waldkante entfernt befand sich eine größere, anmoorige Senke, die üppig mit hoch gewachsenen Birken und Pappeln bestanden war. Und siehe da, in der größten Birke entdeckte ich eine geschickt getarnte Ansitzleiter. Die ganze Konstruktion wirkte durchaus solide und gut durchdacht, sodass ich mir bereits für den Abend einen ersten Probeansitz vornahm. Kleine Schäfchenwolken zogen langsam und bedächtig über den Himmel. Ein leichter Luftzug wehte mir gleichmäßig in den Nacken, während ich voller Vorfreude dem neuen, unbekannten Ansitz entgegenstrebte. Nur eine wahre Mückeninvasion trübte meine erwartungsfrohe Stimmung ein wenig. Auch die eilends aufgetragene Mückenschutzcreme beeindruckte diese hartgesottenen vorpommerschen Biester wenig, und hastig erklomm ich die Ansitzleiter, um dem Terror in den unteren Etagen zu entgehen. Doch kaum erreichte ich die oberen Sprossen, ereilte mich das nächste Missgeschick. Ich fühlte mich plötzlich frei schwebend. Denn der wackere Erbauer dieser Hochsitzkonstruktion hatte zwar Leiter und Sitz in bewährter handwerklicher Manier gezimmert, jedoch leider versäumt, die beiden Teile miteinander zu verbinden. Glücklicherweise gelang es mir, einen, wenn auch bedenklich dürren, Birkenzweig zu ergreifen und mich vorsichtig wieder an das rettende Festland zu ziehen. Was wäre der deutsche Bauer doch ohne das Sachsband, und so trug auch ich, dieser weitsichtigen Tradition folgend, stets ein Stück dieser vielseitigen Schnur in der Jackentasche. Mit mehr

Knoten als eigentlich nötig, denn sicher ist sicher, verband ich die Einzelteil miteinander und setzte mich dann endlich, wenn auch ein wenig außer Atem, auf den Hochsitz. Nur wenig später zog eine Ricke langsam und immer wieder aufmerksam sichernd auf die Wiese und in das kniehohe Gras. Dann nach einigen Minuten schärfster Rundschau schon ein kurzes Fiepen, und wie aus dem Boden geschossen tobten zwei kokette Rehkitze um die besorgte Mutter herum. Nach dieser ausgelassenen Begrüßung ging es schnurstracks zur geöffneten Milchbar, um neue Kraft zu tanken.

Während ich dieses Familienidyll noch in vollen Zügen genoss, zog vom Waldrand ein junger Sechser heran, der viel zu gut war für die Büchse. Er wirkte auf mich wie ein Kind, das Stubenarrest bekommen hatte und sich jetzt vorsichtig aus dem Haus schlich, immer in Angst, die Eltern könnten es ertappen. Hier schienen die sorgenvollen Blicke Richtung Waldrand einem älteren und stärkeren Kontrahenten zu gelten, und voller Spannung wartete ich auf das, was noch kommen sollte. Jedoch lediglich ein einzelnes Schmalreh äste mutterseelenallein im Schlagschatten der Randbäume. Also lehnte ich mich bequem zurück und ließ diesen zauberhaften Abend auf mich wirken. Langsam senkte sich die Sonne glutrot gegen den Horizont, als das Schmalreh plötzlich aufwarf und zügig auf meinen Sitz zutrollte. Der junge Sechser stand überriegelt, die Kitze schliefen den Schlaf der Gerechten. Daher widmete ich meine Aufmerksamkeit dem Schmalreh, das jetzt etwa fünfzig Meter vor mir stand. Erste Zweifel stiegen in mir auf, ob es sich hier wirklich um ein weibliches Tier handelte. Das Stück drehte sich und wies mir den Spiegel.

Tatsächlich, ein Kurzwildbret. Vor mir stand ein Knopfbock der geringsten Sorte. Schon lag der Drilling an der Schulter, und sobald das kleine Böckchen das Blatt zeigte, warf ihn die 7 x 65 R zurück in das grüne Gras. Neun Kilogramm trug ich bald darauf fröhlich pfeifend zum Auto und kein Gramm wurde mir schwer dabei.

Am nächsten Morgen informierte ich den Förster über den Hegeabschuss. »Gut, dass es der Knopfbock war, den du geschossen hast, und nicht der alte, starke Spießer«, klang es erleichtert durch das Telefon.

»Kein Problem, den kann ich mir ja beim nächsten Ansitz holen.«

»Bloß nicht, die Wiese gehört bereits zum Nachbarrevier, ich habe mich da ein wenig vertan!«

Mir stockte der Atem.

»Ist aber alles halb so wild«, klang es ein wenig beschämt durch den Hörer. »Die Jagd hat nämlich mein Sohn gepachtet, und den Knopfbock darfst du bestimmt behalten.«

Das durfte ich dann tatsächlich nach einer gemütlichen Bierrunde, doch das schlechte Gewissen blieb.

Räuber der Nacht

Sie ahnen ja nicht, welch reichhaltige Fauna sich im Laufe der Zeit an einer regelmäßig beschickten Kirrung einstellt und dem Jäger das Warten verkürzt. Unzählige Meisen klettern und flattern von Ast zu Ast, erfüllen die Luft mit ihrem Piepen, fliegen zu Boden, nehmen schnell kleine Teile eines Maiskorns auf und schwingen sich auf einen kleinen Fichtenzweig, um ihre Beute in Ruhe zu verzehren. Dazwischen hüpfen Drosseln mit wippenden Schwanzfedern hin und her, picken ruckartig mal hier, mal dort ein Maiskorn auf, um dann, ein schrilles Angstgeschrei ausstoßend, in alle Himmelsrichtungen zu verschwinden. Nur wenige Momente später finden sie sich jedoch wieder ein und beginnen ihr amüsantes Spiel von neuem. Dazwischen stolzieren die Buchfinken ein wenig hochnäsig einher, und der Eichelhäher klettert vorsichtig an einer einzelnen Weißtanne herunter und äugt dabei mit seinen wachsamen Augen immer wieder in die Runde, während sich seine Federtolle auf und ab bewegt. Sie alle profitieren von den Brosamen, die das Schalenwild so achtlos vom reich gedeckten Tisch fegt. Kleine Waldmäuse huschen durch das trockene Laub, dass es nur so raschelt, flitzen dann über den vom Schwarzwild schwarz umgebrochenen Waldboden und spurten ebenso schnell mit einem Brocken Mais wieder in ihre unterirdischen Gänge zurück. Dieses quirlige Hin und Her lockt natürlich wieder die größeren Räuber an, und besonders die Waldkäuze und die Schleiereulen fliegen in der Abenddämmerung lautlos über die Kirrung, blocken manchmal sogar an der Kante des Hochsitzes auf, um die Gesetze vom Fressen und Gefressenwerden zu erfüllen. Welch Privileg ist es doch, dieses Leben in der Natur, aber auch das Werden und Vergehen, so hautnah miterleben zu können, sich selbst als ein Bestandteil dieses großen Kreislaufs zu begreifen. Und wie vielen bleiben derartige Einblicke und Eindrücke versagt, wie viele müssen sich auf Zoobesuche oder gar Fernsehberichte beschränken, um zumindest ein klein wenig von der

Flora und Fauna unserer Wälder zu erfahren. Mit Erschrecken denke ich an Kinder, für die Kühe lila sind, Gänse mit vier Beinen umherlaufen und Fleisch aus der Tiefkühltruhe kommt. Wenn wir Jäger auch künftig auf Akzeptanz in der Bevölkerung hoffen wollen, muss es unsere vordringliche Aufgabe sein, insbesondere die Jugend mit Feld und Flur und allem, was da fleucht und kreucht, wieder vertrauter zu machen. Wer Rehe nur aus dem Disneyfilm »Bambi« kennt – die wenigsten wissen, dass es sich dabei eigentlich um einen Weißwedelhirsch handelt –, wird nicht verstehen können, dass ein Jäger solch ein bezauberndes Wesen gnadenlos niederschießt. Jeder Jäger also sollte sich seiner Verantwortung bewusst sein und dazu beitragen, das Ansehen des Waidwerks in der Öffentlichkeit zu stärken. Entsprechendes gilt übrigens meiner Meinung nach auch für die Landwirte und Angler.

Ein Bewohner unserer heimischen Wildbahn, den auch viele Jäger nur selten zu Gesicht bekommen, ist zweifellos der Dachs, seines Zeichens der größte Marder unserer Wälder. Dies verwundert umso mehr, als sich kein Tier mit Ausnahme der wilden Schweine so ungeniert und lautstark durch den abendlichen und nächtlichen Wald bewegt. Wenn er sich sicher fühlt, trottet Meister Grimbart in aller Gemütsruhe gemächlich durch sein Revier, gräbt sich nicht weit von seinem Bau ein kleines Loch und löst sich dort, unter bedächtigem Schnaufen, denn er hält viel auf Sauberkeit. Dann bricht er endgültig zur nächtlichen Pirsch auf, sticht schniefend in der Untermast, vertilgt hier einen Regenwurm und gräbt dort mit einer Schnelligkeit, die keiner ihm so recht zugetraut hätte, ein Mäusenest aus. Laut schmatzend verleibt er sich die schmackhafte und fette Beute ein, zerknatscht anschließend einen würzigen Pilz, um sich dann den wilden Erdbeeren zuzuwenden, denn in Sachen Fressen zeigt sich unser korpulenter Freund außerordentlich vielseitig. Zeitweise galt der Dachs als im Bestand gefährdet, denn die in früheren Jahren intensiv betriebene Begasung der Fuchsbauten zur Bekämpfung der Tollwut traf ihn besonders schwer. Während sich der Fuchs oft auch tagsüber außerhalb des Baus aufhält, zieht Grimbart stets das Dunkel und die Kühle des Erdreiches vor. Mittlerweile jedoch sind die Populationen erheblich angestiegen, und zum Schutz des Niederwildes ist eine selektive Bejagung unumgänglich.

Ich selbst beobachtete den großen Marder mit dem gestreiften Gesicht häufig während meiner nächtlichen Ansitze, denn wenn die Sauen aktiv werden, begibt sich auch der Dachs auf die Pirsch. Auch zeigt sich Grimbart mit Vorliebe an der Kirrung, um sich seinen Anteil an den harten Maiskörnern zu holen. Mit seinem prächtigen und stark ausgeprägten Gebiss zerknackt und zerschrotet er die gelben Körner spielend, wobei er die dabei entstehenden Geräusche völlig ignoriert.

Eines Abends saß ich auf der bereits bekannten Flaschenkanzel und beobachtete eine Bache, die sich mit ihren sechs Jungen voller Inbrunst am kalten Büfett bediente. Den schwächsten der Frischlinge hatte ich mir bereits ausgeguckt und verfolgte ihn mit dem Zielfernrohr. Doch es bot sich keine gute Gelegenheit für einen Schuss, denn ständig schoben sich die Sauen durcheinander und verdeckten das Blatt des potenziellen Opfers. Aus dem Augenwinkel heraus bemerkte ich plötzlich eine Bewegung an den rechten Randbüschen der Kirrung und erwartete eigentlich das Auftauchen weiterer Schwarzkittel. Als dann jedoch der weiß gezügelte Kopf eines Dachses zwischen dem niedrigen Buschwerk auftauchte, der das bunte Treiben vor ihm interessiert betrachtete, stellte ich überrascht und neugierig das Gewehr in die Ecke. Was würde nun wohl passieren? Eigentlich erwartete ich den spontanen, mehr oder minder geordneten Rückzug des Neuankömmlings, aber Irren ist bekanntlich menschlich. Denn nachdem der Dachs den Trubel für eine Weile beobachtet hatte, fiel die Entscheidung. Scheinbar stufte er die Sauen in eine zu vernachlässigende Gefahrenklasse ein und marschierte schnurstracks auf die Kirrung und damit auf die Schwarzkittel zu. Diese hatten, bedingt durch die eigene hektische Maissuche verbunden mit einem entsprechenden Geräuschpegel, von dieser Annäherung noch nichts bemerkt. Als jedoch der Dachs dann so unerwartet auf der Bildfläche erschien, fuhr den schwarzen Gesellen der Schreck erst einmal gehörig in die Glieder. Ein erschrockenes Wuff aus diversen Kehlen, ein aufgeregtes Blasen der Bache, und die ganze Mannschaft machte geschlossen Front zum unwillkommenen Gast. Der jedoch ließ sich durch diesen unmissverständlichen Hinweis, das Feld zu räumen, nicht im Mindesten beeindrucken. Schon stand er im Zentrum der Kirrung und begann mit Wonne die Maiskörner zu kauen, als ob es keine Zaungäste gäbe. Die Bache fasste das dreiste Verhalten als provokativen Mundraub auf und ging zum Angriff über. Der Widersacher blieb standhaft, unternahm zu meinem Erstaunen selbst einen Ausfall und sprang der Angreiferin fauchend und die Zähne bleckend entgegen. Dieser deutliche Hinweis auf die ihm zustehenden Genussrechte verfehlte nicht seine Wirkung. Zwar umkreiste die Bache nebst Gefolge die Kirrung immer wieder, aber sie wagte sich nicht mehr heran und wechselte wieder in den Bestand ein. Der Dachs blieb als Sieger auf dem Platz.

Doch auch das genaue Gegenteil von dem soeben Erzählten habe ich schon beobachtet. In diesem Fall erschien der Dachs als erster abendlicher Gast, und eingedenk meiner Erfahrung fürchtete ich, dass die Sauen bei einem derart griesgrämigen und unverträglichen Tischnachbarn ganz fern bleiben würden. Ich spielte daher bereits mit dem Gedanken, zumindest den Dachs zu strecken, konnte mich aber zu keinem endgültigen Entschluss durchringen. Plötzlich strebten voller Vorfreude drei starke Frischlinge auf die Kirrung zu, die der Dachs als leidige Mitfresser sofort zu vertreiben gedachte. Fauchend, böse grunzend und zur doppelten Größe aufgebläht, marschierte er auf die drei los, die sich sogleich unter angstvollem Quieken wieder davonmachten. Doch da fuhr die Bache wie eine Furie dazwischen und beförderte den anmaßenden Angreifer mit einer wohlgezielten Aufwärtsbewegung ihres Wurfs in höhere Regionen. Der also Gemaßregelte plumpste unsanft zu Boden, landete jedoch zu seinem Glück relativ sanft im Buschwerk. Doch diese Lektion reichte, und leicht humpelnd verließ er missgestimmt den Kampfplatz.

Einen ähnlichen Vorfall erlebte ich mit einem sehr viel kleineren und harmloseren Räuber der Nacht, einem Igel. Diese possierlichen Stacheltiere werden häufig verkannt, doch wer sich das messerscharfe Raubtiergebiss einmal näher angesehen hat, wird gern glauben, dass ein Igel nicht nur Beeren, sondern auch Würmer, Käfer, Vogeleier und auch Nestlinge durchaus zu schätzen weiß. Als Kind besaß ich einen kleinen Igel als herbstlichen Pflegling, der noch zu klein war, um den nahenden Winter zu überstehen. Es war sagenhaft, welche Mengen eilig ausgegrabener Würmer und eingekauftes Katzenfutter der Kleine verdrücken konnte. Noch sagenhafter war jedoch die Anzahl der Flöhe, die sich munter zwischen den Stacheln tummelten.

Der Igel, von dem ich Ihnen erzählen möchte, gelangte wohl eher zufällig auf die Kirrung, denn er unternahm keine Anstalten, sich an den ausgestreuten Maiskörnern zu laben. Doch wie der Zufall oder besser das Unglück es wollte, fanden sich genau zu diesem Zeitpunkt auch die Sauen zum abendlichen Nachtisch ein und stolperten förmlich über den Stachelträger. Der fühlte sich durch das plötzliche Auftauchen dieser ungehobelten Truppe peinlich berührt und distanzierte sich, indem er das kleine, spitze Näschen unter den stacheligen Panzer einrollte. Doch die Schweinemannschaft betrachtete ihn offenbar als eine Art Fußball. Sie schoben den Armen mit ihrem Rüssel hin und her, und die heftig hin und her schwingenden Pürzel ließen erkennen, dass sie an diesem Treiben ihre helle Freude hatten. Da zu befürchten war, dass sie nach Abpfiff des Spiels den Ball verspeisen würden, beeinflusste ich den Spielverlauf auf meine Weise, indem ich einen breitstehenden Frischling, der gerade auf eine weitere Flanke wartete, schoss. Abpfiff! Als ich dann zum erlegten Schwarzkittel trat, trabte der gerettete Igel in leichten Schlangenlinien davon.

Abschließend noch einige Worte zu einem Räuber, der mir erstmalig in Vorpommern begegnet ist und der mich beim ersten Zusammentreffen in einige Irritationen versetzt hat. Diese erste Kontaktaufnahme ereignete sich im letzten Jahr meiner Zeit in Vorpommern. Ich saß, wie so häufig und so gern, auf meiner Flaschenkanzel und wartete auf das Erscheinen meiner schwarzen Freunde. Doch diese hatten scheinbar etwas Besseres vor. Stattdessen huschten im letzten Licht zwei dunkle Gestalten umher, die ich im ersten Moment als Dachse ansprach. Doch Form und Bewegungsablauf stimmten gar nicht mit bisherigen Erfahrungen überein, sodass ich immer mehr zweifelte. Dann beendete die hereinbrechende Nacht alle weiteren Spekulationen, und ich fuhr nachdenklich nach Hause. Dort wälzte ich erst einmal meine Jagdliteratur und gelangte zu der Überzeugung, dass es sich um Marderhunde, auch Enok genannt, handeln musste. Dieser gefräßige Eier- und Niederwilddieb war zwar im lange zurückliegenden Vorbereitungskurs zur Jagdprüfung erwähnt worden, doch hatte man ihm keine größere Beachtung geschenkt, da es diese Spezies bei uns nicht gab.

Am nächsten Abend saß ich dann, mit vier-Millimeter-Schrot in den Flintenläufen des Drillings, erneut an, und siehe da, wieder betraten die beiden bis dato unbekannten Akteure die Bühne der Kirrung. Im letzten Licht gelang ein Schnappschuss, und kurze Zeit später stand ich vor meinem ersten erlegten Marderhund. Meine Beute sorgte im Forstamt für einige Aufregung, denn eigentlich ist der Enok in östlicher gelegenen Regionen beheimatet und stammt ursprünglich aus Russland. Doch mit dem Ende des Eisernen Vorhangs setzte er sich dann Richtung Westen in Marsch und fand dort in der Tat blühende Landschaften vor. Mittlerweile hat sich der Marderhund in Vorpommern etabliert, und auch in Schleswig-Holstein wurden bereits erste Exemplare erlegt. Ich jedenfalls bin all den Räubern der Nacht dankbar, denn sie haben mir eine Vielzahl von schönen und spannenden Erlebnissen beschert.

Eine tragische Gänsejagd

Schließe ich die Augen und denke an Vorpommern, fallen mir zuallererst die unendlich scheinenden Weiten der Ackerflächen und Wiesen ein, in der sich die Menschen mit all ihrer landwirtschaftlichen Großtechnik irgendwie verlieren. Steht man vor solch einem Ungetüm von Mähdrescher, kommt man sich klein vor. Erblickt man dieselbe Maschine weit hinten auf einem über hundert Hektar großen Ackerstück, erfasst man erst die Relation, in der wir zur Natur stehen. Es erscheint, als schrumpften wir zur Bedeutungslosigkeit und die Natur nähme uns und unsere zeitlich so eng begrenzte Existenz gar nicht wahr. Selbst wenn es uns gelingt, und ich glaube, wir sind auf dem besten Weg dazu, unseren Planeten durch Ozonloch, globale Erwärmung und Nuklearkatastrophen in eine unbewohnbare, lebensfeindliche Wüste zu verwandeln, wird er sich im Laufe von Abermillionen Jahren wieder regenerieren, dann jedoch ohne die menschliche Rasse. Fatal für uns, nicht jedoch für unsere Mutter Erde. So ließ mich der Blick, kaum durch Baum oder Strauch unterbrochen, in diese leere Weite manchmal auch ein wenig schwermütig werden. Wie schnell jedoch verflog dieser Angriff auf Frohsinn und Lebenslust, wenn ich die Kraniche erblickte, die sich auf eben diesen Ackerflächen einfanden mit lautem Trompeten und eigentümlich anmutendem Gehüpfe, um im Frühjahr nach langem Rückflug aus südlicher gelegenen Gefilden die alte Heimat wieder zu begrüßen. Oder wenn sie sich im Herbst mit einem wehmütigen »Kurik-Kurik«, die abgeernteten Felder als Sammelplatz nutzend, wieder von ihren angestammten Brutplätzen verabschiedeten. Dazu kamen die zahllosen Gänse, die in ihrem so unverwechselbaren Formationsflug je nach Tageszeit vom oder zum Bodden flogen, um sich am saftigen Grün der Wiesen und der sprießenden Getreideflächen zu mästen, oder aber das Ostseewasser aufsuchten, um zu ruhen. Immer wieder faszinierend wirkt dabei die geradezu militärische Ordnung der Gänse. Immer hält eines oder mehrere der erfahrenen Alttiere aufmerksam Wache und bemerkt auch jede noch so geringfügige Veränderung der Umgebung. Ein kurzer Warnruf, und in kürzester Zeit befindet sich der ganze Flug in der Luft, um sich der Gefahr, egal ob Fuchs, Seeadler oder Jäger, zu entziehen. Fällt dann die Schoof an anderer Stelle wieder ein, um erneut die Äsung aufzunehmen, findet sich ohne lange Diskussion oder Absprache wieder ein Wächter, der den Sicherungspflichten nachkommt. Ermüdet er oder beginnt der eigene Magen zu knurren, stehen sofort einige Kameraden bereit, seine Aufgabe zu übernehmen. Dabei sind die Gänse keine leisen Vögel. Ganz im Gegenteil. Mit lautem Geschnatter fliegen sie von ihren Rastplätzen auf den Gewässern auf, um zu ihren Futterplätzen zu gelangen. Dort kreisen sie oft mehrere Male über dem betreffenden Ort, um dann, wenn die Luft rein ist, mit durchdringendem Geschrei zu landen. Allein das singende Geräusch der Flügelschläge, wenn ein Gänseschoof nah an mir vorbeifliegt, während ich selbst gut gedeckt im Schilf oder im Gestrüpp sitze, ist ein Ohrenschmaus. Daher hegte ich bereits seit längerem den Wunsch, einmal auf diese klugen und gewitzten Vögel jagen zu dürfen, die jeden Tag zu Hunderten über unseren Hof flogen, um zum Greifswalder Bodden zu gelangen. Doch über mein eigenes kleines Waldrevier zogen die Gänse meist himmelhoch dahin, sodass an einen Schuss beim besten Willen nicht zu denken war. So blickte ich ihnen immer nur sehnsüchtig hinterher – bis zu dem Tag, an dem der benachbarte Pächter der an den Bodden angrenzenden Flächen bei einem Bier von seinen Erlebnissen auf der Gänsejagd erzählte. Dabei beeindruckten ihn meine entsagungsvollen Seufzer und die bittenden Augen scheinbar so stark, dass er mich kurzerhand auf einen abendlichen Ansitz auf diese großen Wasservögel einlud. »Trage bitte dein bestes Tarnzeug, ich empfehle den alt bewährten Kampfanzug«, bat er mich.

»Bundeswehr oder Nationale Volksarmee?«, fragte ich grinsend.

»Das ist unseren Boddengänsen egal«, antwortete er lachend, »die sind unpolitisch. Und bringe einen breitkrempigen Hut mit, der dein Gesicht überschattet hält, denn so blass, wie du bist, erkennen dich die Gänse schon von weitem.«

Abends trafen wir uns dann zur verabredeten Zeit am Kirchdorfer Strand. Er in verschlissener NVA-Uniform, ich in ebenso strapazierter Bundeswehrmontur. Gegenseitig betrachteten wir uns von oben bis unten. »So etwas nenne ich aktive Völkerverständigung!«, begrüßte er mich herzlich, und ich musste insgeheim an meine fünfzehnmonatige Militärzeit zurückdenken. Spontan fiel mir mein alter Stubenkollege ein, den ich hier einmal Alfons Rüder nennen möchte. Alfons zog sich die Aufmerksamkeit des gesamten Zuges und leider auch der ausbildenden Unteroffiziere einschließlich des Hauptfeldwebels bereits am ersten Tag zu. Auf den Befehl hin, sich alphabetisch in Reih und Glied aufzustellen, platzierte sich Alfons mit größter Selbstverständlichkeit an der Spitze des Zuges. Kurze Zeit später demonstrierte der Spieß eindrucksvoll seine Stimmgewalt, als er den armen Alfons anfuhr: »Kanonier Rüder, was treiben Sie denn da vorn?«

»Aber Alfons fängt doch mit ›A‹ an«, verteidigte sich der verschreckte Alfons kleinlaut.

Ein weiteres denkwürdiges Erlebnis mit Alfons verdanke ich den allseits beliebten Schießübungen mit dem legendären G3-Schnellfeuergewehr. Dazu teilten die Dienst habenden Unteroffiziere die Truppe in zwei Gruppen auf. Während die eine vorn im Anschlag lag, kauerte die andere in einem tiefen Graben, in den die so genannten »Pappkameraden« hinuntergelassen wurden, um nach erfolgtem Beschuss die Trefferquote zu ermitteln. Nun fühlte sich Alfons in seinem tiefen Graben aus einer spontanen Eingebung heraus bemüßigt, seinen bewaffneten Kameraden bei der folgenden Schussabgabe Glück und eine ruhige Hand zu wünschen. Daher richtete er sich zu seiner vollen Körperlänge von knapp über zwei Metern auf, konnte so über die Grabenkante blicken und winkte freudig zu der auf den Feuerbefehl wartenden Truppe hinüber. Der als Schießleiter fungierende Leutnant glaubte nicht recht zu sehen, und sein Gesicht wechselte in schneller Abfolge die Farbe. »In Deckung, Mann!«, schrie er verzweifelt hinüber, doch da seine Stimmkraft nicht annähernd an die des Hauptfeldwebels heranreichte, blieb sein Befehl ungehört. Glücklicherweise löste sich in dieser Zeit kein Schuss, und wachsame Kameraden im Schützengraben zerrten Alfons wieder in volle Deckung. Der schmächtige Leutnant stand kurz vor einem Nervenzusammenbruch, stoppte das Schießen für diesen Tag und wankte mehr, als dass er ging, zu den Fahrzeugen zurück. Glauben Sie mir, dass ich diesen ereignisreichen Tag nicht vergessen werde. Alfons wurde übrigens nach der Grundausbildung als gelernter Bäckergeselle in die Küche abkommandiert, was mir so manche zusätzliche Mahlzeit bescherte.

Doch vor das Ende der Grundausbildung hat der liebe Gott das Biwak gesetzt, das für uns im November stattfand – wahrhaft keine gute Jahreszeit für unbeschwertes Campen. Per Losentscheid teilten sich Alfons und ich eines der komfortablen Zwei-Mann-Zelte, die die Bundeswehr kostenlos zur Verfügung stellte. Dafür handelte es sich auch nur um eine Standardkollektion und nicht um Maßanfertigung, sodass Alfons' lange Beine immer ein wenig aus dem Zelt herausragten. Beide hängten wir unsere ABC-Masken ordnungsgemäß in das Gestänge des Zeltes – ein bedauerlicher Fehler, wie sich wenig später herausstellte. Alfons maß, wie schon gesagt, über zwei Meter mit einem entsprechenden voluminösen Kopfumfang, während ich, zumindest damals, mit meinen 1,75 Meter ein vergleichsweise schmales Gesicht hatte. In der Nacht dann geschah es: Feuersalven krachten, Raketen erleuchteten den düsteren, trüben Himmel, und von irgendwoher ertönte die Warnung: »ABC-Alarm!« Aus dem Tiefschlaf gerissen, griffen wir ohne jegliche Orientierung zu den Masken, die über uns hingen, und spurteten in unsere matschigen Schützengräben. Schon beim Überstülpen der dringend benötigten Gasmaske – denn genau vor mir entzündete sich eine CS-Gaspatrone – stellte ich zu meinem nicht geringen Bedauern fest, dass diese leicht, allzu leicht über den Kopf zu ziehen war. Unglücklicherweise hatte ich in all der Hektik und Dunkelheit die übergroße Ausführung von Alfons' Maske erwischt. Doch alles Drücken und Dichthalten nützte nichts. Erbarmungslos drang das Gas in Mund und Nase. Alles brannte und tränte. Ich gebe es offen zu, hätte ich in diesem Moment ein weißes Tuch in Griffweite gehabt, ich hätte mich ergeben. Doch Alfons erging es nicht besser, da er meine Maske nicht einmal über den Kopf bekam. Ach Alfons, gern wüsste ich, was aus dir geworden ist.

Doch nun zurück aus der Zeit längst vergangener Jugenderlebnisse und weiter mit der Gänsejagd.

Ein herrlicher Abend brach an. Kaum ein Lüftchen regte sich, und die untergehende Sonne spiegelte sich zauberhaft auf dem spiegelglatten Wasser des Greifswalder Bodden. Weit draußen tuckerte ein einzelnes Fischerboot, und die Konturen der Insel Rügen zeichneten sich klar und deutlich in der Ferne ab. Überall raschelte es im Schilf, und kleine Fische spielten im Wasser, spritzten plötzlich auseinander, wenn ein Barsch oder ein kleiner Hecht versuchte, sich sein Abendbrot zu rauben. Nur ein einziges helles Auto störte die Idylle, denn es stand fernab von jedem offiziellen Parkplatz an dem schmalen Gehweg geparkt. Ich ärgerte mich über diesen rücksichtslosen Autofahrer und nahm mir vor, ihm tüchtig die Leviten zu lesen, wenn er zum Auto zurückkehrte. Doch weit und breit war niemand zu sehen. Dafür erklangen von weitem die ersten Schnatterarien der anfliegenden Gänse, und ich bereitete mich auf einen würdigen Empfang vor. Es war jedoch wie verhext. Entweder die Gänse flogen zu weit rechts oder links von mir oder aber sie überquerten mich in zu großer Höhe. Einen Schuss anzubringen war guten Gewissens einfach nicht möglich. Ein Schoof nach dem anderen ließ ich ziehen, die Aufregung beschleunigte Herzfrequenz und Atemzüge. Schon begann es zu dunkeln, doch es nützte nichts, die Läufe meiner Bockdoppelflinte blieben an diesem Abend blank. In tiefer Dunkelheit holte mich mein Freund und Gönner dann von meinem Stand ab und schüttelte betrübt den Kopf. Auch ihm war es ähnlich ergangen, und beide kehrten wir erfolglos heim. Zuvor aber wies ich ihn auf das Auto hin, was immer noch mutterseelenallein auf weiter Feld und Flur stand. Er schüttelte missmutig den Kopf und schimpfte auf diese Rücksichtslosigkeit. Wir ließen den Abend mit einem zünftigen Glas Wein ausklingen. Es können auch zwei gewesen sein.

Am nächsten Tag unternahm meine Frau einen Ausritt mit unserer Trakehnerstute Tolki am Bodden entlang. Diese Stute hatte mich von der Wirksamkeit homöopathischer Präparate überzeugt, denen ich bis zu diesem Zeitpunkt eher skeptisch gegenübergestanden hatte. Immer nämlich, wenn längere Etappen mit dem

Pferdeanhänger zu bewältigen waren, glich die dunkelbraune Stute bereits kurz nach Beginn der Fahrt einem Schimmel. Zwar ließ sie sich bereitwillig verladen, aber der Transport selbst löste bei ihr derartig hochgradige Angst- oder Erregungszustände aus, dass sie innerhalb kürzester Zeit klitschnass geschwitzt war und weißer Schaum oder Schweiß den ganzen Körper bedeckte. Das Spritzen eines Beruhigungsmittels lehnten wir aus grundsätzlichen Erwägungen ab, und irgendwann schlug meine Frau vor, eine alternative Medizin zu nutzen. Sie verabreichte der Stute vor einer längeren Fahrt ein homöopathisches Mittel, und siehe da, die Stute verließ den Pferdeanhänger nach einem strapaziösen Transport, als sei nichts gewesen. Dieses Resultat beeindruckte mich tief, und ich wählte als nächstes Test- und Studienobjekt eine unserer Kühe, die nach jeder Kalbung an einer Euterentzündung erkrankte und zusätzlich an einer Nichtablösung der Nachgeburt litt. Beides erforderte jedes Mal eine aufwändige und damit natürlich auch kostenintensive medikamentöse Betreuung. Auch hier zeigten die kleinen weißen Kügelchen, Globuli genannt, eine erstaunliche Wirkung, denn die nächsten Kalbungen vollzogen sich ohne Komplikationen.

Meine Frau ritt also inmitten der herrlichen Boddenlandschaft direkt an der Küste, atmete tief die leicht salzig schmeckende Luft ein und erreichte alsbald die Stelle, die wir am Abend zuvor für die Gänsejagd ausgewählt hatten. Der sandige Weg eignete sich hervorragend als Galoppstrecke. Ein kurzer, ermunternder Zuruf an Tolki, die sich nicht lange bitten ließ, und schon preschten die beiden wie ein Sturmwind dahin. Es heißt nicht zu Unrecht: »Das Glück dieser Erde liegt auf dem Rücken der Pferde«, und auch für mich gibt es kaum etwas Schöneres, als im gestreckten Galopp, den Oberkörper an den Pferdehals gelehnt, die Mähne im Gesicht, die Natur wie im Zeitraffer vorbeifliegen zu lassen. Doch diesmal gestaltete sich die wilde Jagd etwas anders. Zum Ersten bremste das abgestellte Auto den Vorwärtsdrang des Pferdes. Als dieses erste Hindernis glücklich umschifft war, setzten Ross und Reiter ihren schnellen Ritt fort, doch nur für kurze Zeit. An einem bestimmten Punkt – wie sich später herausstellte, handelte es sich um die Stelle, an der ich am Vorabend auf die Gänse gelauert hatte, stoppte Tolki abrupt, sodass meine Frau all ihr reiterliches Können aufbieten musste, um nicht unfreiwillig den Sattel zu verlassen. Weder mit Gewalt noch mit guten Worten gelang es ihr, das sonst so fügsame Tier an dieser Stelle vorbeizubringen. Mit geblähten Nüstern, ständig schnaubend, tänzelte Tolki auf der Stelle, sodass meine Frau sich zur Umkehr genötigt sah.

Am nächsten Tag erfuhren wir dann die schreckliche Wahrheit. Eine junge Frau hatte den Freitod gewählt und sich mit einer hohen Dosis Tabletten zum letzten, endgültigen Schlaf ins Schilf gelegt. Zur selben Zeit hatte ich nur wenige Meter von ihr entfernt gestanden und in vollen Zügen die Schönheiten der Natur genossen. Nichts hatte ich gespürt von dem Drama, das sich quasi dicht hinter meinem Rücken vollzog. Vielleicht hätte ich noch helfen können, ich weiß es nicht. Es war eine Tragödie.

Ein Rothirsch aus Vorpommern

Schleswig-Holstein war und ist das Land des Damwildes, während das Rotwild nur noch in einigen wenigen Landstrichen seine Fährte zieht. Erklärbar ist dieser Umstand vor allem durch den im Vergleich zu den anderen Bundesländern geringen Waldbestand. Wie meistens im Leben reizt den Menschen meistens das am meisten, was er nicht hat. Pflügt ein aus fünfzehn bis zwanzig Geweihten bestehender Damwildtrupp durch den üppig blühenden Raps, nimmt man dies, eingedenk möglicher Wildschäden, bereits mit ein wenig Bitterkeit zur Kenntnis. Wechselt jedoch alle Jubeljahre ein einzelner Rothirsch durch das Revier, verfallen alle Jäger in eine hektische Betriebsamkeit und betrachten voller Verzückung und mit sehnsüchtigem Blick die imposante Fährte. Auch ich träumte seit langer Zeit davon, einmal über dieses Stadium der Inaugenscheinnahme hinwegzukommen und auf den König der Wälder jagen zu können. Diesen Traum erfüllte ich mir dann Ende der Achtzigerjahre mit einer Jagdreise nach Polen, an die ich noch heute oft zurückdenke und von der ich in meinem Buch »Blattschüsse« berichtet habe.

In Vorpommern stellten sich die Fakten in Sachen Rotwild allerdings anders dar. Das Forstamt Poggendorf, an das mein kleines Waldrevier grenzte, galt als Rotwildkerngebiet und wies einen starken und qualitativ hochwertigen Rotwildbestand auf. Unglücklicherweise trennte eine Eisenbahnlinie den von mir bejagten Waldteil vom übrigen Forst ab. Während sich das Schwarzwild nicht um die Gleise und die in regelmäßigen Zeitabständen vorbeiratternden Züge kümmerte, reagierte das Rot- und Damwild erheblich empfindlicher. Nur sehr selten wechselten diese beiden Wildarten über die Bahnschwellen, sodass ich von meiner Flaschenkanzel aus die urigen Brunftschreie der Rothirsche zwar deutlich vernehmen konnte, mir der ersehnte Anblick jedoch meist verwehrt blieb. Nur ein einziges Mal zog ein Jüngling mit weit über doppellauscherhohen Spießen fast unter der Kanzel entlang und ließ die Sehnsucht nach einer Rothirschjagd wieder heftig aufflammen. Eingedenk unserer knappen Finanzen beantragte ich jedoch erst einmal den Abschuss eines Damwildkniepers, der mir dann auch bereitwillig und ohne größere Formalitäten freigegeben wurde. Dies verblüffte mich insofern, als ich in Sachen Bürokratie bisher ganz andere Erfahrungen gewonnen hatte. Denn bei nahezu jeder möglichen oder unmöglichen Gelegenheit hatte man mich mit einem langen Fragebogen über meinen bisherigen Lebensweg sowie etwaige Kontakte in die ehemalige DDR konfrontiert. Auf meine Frage nach dem Sinn dieser Maßnahme hatte man sich zwar etwas pikiert gezeigt, mir dann aber doch bereitwillig den Zweck erläutert, nämlich die Aufdeckung möglicher Stasikontakte. Da ich dafür durchaus Verständnis aufbringen konnte, erteilte ich gern und mit reinem Gewissen die erwünschten Auskünfte. Doch nachdem bei jeder Jagdscheinverlängerung, jeder Neuanmeldung in einem Revier und jeder Waffenregistrierung derselbe Fragebogen vorgelegt wurde und ich um vollständige und wahrheitsgetreue Beantwortung gebeten wurde, platzte mir irgendwann der Kragen, und einmal schrieb ich quer in Blockschrift »Siehe die vorangegangenen vier Erhebungsbögen« darauf. Sehr zu meinem Erstaunen schien diese flapsige Antwort auszureichen, denn mich erreichte weder eine Rückfrage noch gar ein behördlicher Rüffel.

Diesmal, wie gesagt, wurde auf diese Zeremonie verzichtet, und bereits am nächsten Abend versuchte ich mein Waidmannsheil auf dem auserkorenen Hochsitz. Dieser befand sich, geschickt getarnt, in den Randbäumen an einer etwa vierhundert Quadratmeter großen Wiese. Hier und da wuchsen einige Anflugbirken und Schwarzerlen, ansonsten bot die Wiese freies Blick- und damit Schussfeld. Mähen kam aufgrund des nassen Untergrundes nicht in Frage, sodass das Gras jetzt Anfang September teilweise über Kniehöhe wuchs und die Sicht auf geringeres Wild nahm. Einen Damhirsch jedoch würde ich problemlos ansprechen und, sofern abschusswürdig, auch erlegen können. Übrigens war der Hochstand keine vierhundert Meter Luftlinie vom eigenen Revier entfernt und eben nur duch die Bahnlinie von diesem getrennt.

Schon beim Anmarsch blickte ich ein wenig neidisch auf die vielen Rot- und Damwildfährten, nach denen ich bei mir so erfolglos fahndete. Voller Erwartung richtete ich mich bequem auf meinem luftigen Sitz ein, doch außer zwei dicken Kreuzspinnen, die ihr kunstvolles Netz in den Ecken des Hochsitzes geflochten hatten, gab es absolut nichts, was meine Augen und Sinne hätten gefangen nehmen können. Deshalb kramte ich nach einer guten Stunde einen Kriminalroman aus dem Rucksack und vertiefte mich in diese spannende Lektüre. Nur ab und an schweifte der Blick über die vor mir liegende Wiese, auf deren Halmen sich langsam das Abendrot der untergehenden Sonne widerspiegelte.

Gerade hatte ich ein Kapitel beendet, sodass die Augen für einen kurzen Moment wieder auf die Wiese zurückkehrten, da erstarrte ich. Stand doch dort, achtzig Meter vor mir, ein alter, starker Rothirsch mit der so typischen ausgeprägten Wamme und einem sehenswerten Hängebauch. Im Zeitlupentempo legte ich den jetzt überflüssigen Lesestoff zur Seite und widmete mich nur noch dem alten Eissprossenzehner. Schon ragte der Lauf des Drillings über die Brüstung, der Schaft lag an der Schulter, und das Zielfernrohr suchte das Blatt des alten Recken. Doch es blieb bei den Zielübungen, denn zum einen hatte ich keinen Rothirsch frei und zum anderen musste ich immer wieder an die Kosten denken. Ich konnte es mir jedoch nicht verkneifen, den Stecher der Waffe zu spannen und vorsichtig den Abzug zu berühren, wenn auch im gesicherten Zustand, sodass statt des Knalls nur ein leichtes Klicken ertönte. Zumindest moralisch hatte ich damit meinen Hirsch erlegt. Nachdem ich den Drilling dann wieder sorgsam in die Ecke gestellt hatte und den Blick wieder auf die Wiese richtete, war der Hirsch verschwunden, genauso geisterhaft, wie er erschienen war.

Kaum zu Hause angekommen, unterrichtete ich sogleich den Forstamtsleiter über das aufregende Erlebnis. Dieser lachte nur und sagte: »Wenn Sie den Hirsch strecken wollen, ich habe nichts dagegen! Und wenn es sich um einen älteren Eissprossenzehner handelt – sooo teuer wird das auch nicht!« Na dann, ich entschloss mich kurzerhand, es wieder auf den Hirsch zu versuchen, doch ich sah ihn, wie soll es auch anders sein, nie wieder. Doch dieses Erlebnis steigerte noch die Jagdleidenschaft, und meine freundlichen, wenn auch nachdrücklichen Nachfragen beim Forstamt führten zum Erfolg: Ich durfte auf einen geringen Hirsch waidwerken. Zum Ausklingen der Brunft war es dann so weit. Eine Woche Urlaub lag vor mir, und der zuständige Revierbeamte vereinbarte Uhrzeit und Treffpunkt.

Gegen vier Uhr morgens klingelte und schepperte der altehrwürdige Wecker in allen Tonlagen, sehr zum Missfallen meiner Frau, und das, wie ich zugeben muss, absolut berechtigt. Denn während ich die Nacht über sanft und friedlich geschlummert und dabei von röhrenden Hirschen geträumt hatte, war sie damit beschäftigt gewesen, den hungrigen Nachwuchs Mareike und Annika im Drei-Stunden-Rhythmus zu versorgen. Kaum gaben die beiden Schreihälse endlich Ruhe, ertönte der Weckruf für den engagierten Jägersmann. Dabei wäre der Wecker gar nicht nötig gewesen, denn die innere Uhr, die seltsamerweise bei solchen Vorhaben immer, im Alltag meist weniger funktioniert, ließ mich stets kurz vor dem Gebimmel aufwachen, jedoch wiederum nicht frühzeitig genug, um meiner Frau den Krach zu ersparen.

Beim Thema »Wecker« kommt mir eine Geschichte in den Sinn, die in die Zeit meiner Studienjahre zurückgeht, die ich aus Kostengründen im Haus meiner Eltern durchlebte. Vater und Mutter befanden sich mit meinem Bruder im Urlaub, während ich es nach Abwägung gewisser Prioritäten, sprich anstehender Klausuren, vorzog, zu Hause zu bleiben. Es war Hochsommer, und für den nächsten Morgen plante ich einen frühen Pirschgang durch das Revier. Um ja nicht zu verschlafen, stellte ich den Wecker auf die Schalterposition »Alarmsirene« und begab mich zu Bett. Der nächste

Morgen sah mich natürlich vor der Zeit auf den Beinen. Ich schnappte mir Glas und Gewehr, einen Apfel als kleine Wegzehrung, und ab ging es mit dem Fahrrad in Feld und Flur. Den Wecker vergaß ich selbstverständlich, sodass pünktlich um drei Uhr die Alarmsirene einsetzte. Irgendwann im Laufe des Morgens bemerkten die Nachbarn die durchdringenden Töne und machten sich nach geraumer Zeit auf die Suche nach dem Verursacher. Schließlich identifizierte man unser Haus als Quelle des Übels und tauschte vor Ort erst einmal die Meinungen über mögliche Ursachen aus. Mein urlaubsbedingtes Eremitentum war in der Nachbarschaft selbstverständlich bekannt. Auch rückte mein Auto sehr schnell ins Zentrum der Betrachtungen, da es unter dem Carport stand. Daraus leiteten meine besorgten Mitbürger dann folgende durchaus logische Gedankenkette ab: Auto ist da, also muss auch Carsten da sein. Der Wecker klingelt, und er reagiert nicht, also muss etwas passiert sein. Erste Kundschaftertrupps umrundeten bereits das Haus, um mögliche geöffnete Fenster oder Türen zu entdecken. Als man jedoch nicht fündig wurde und der Radiowecker nach wie vor seine Heularien von sich gab, diskutierte man drastischere Aktionen. Feuerwehr, Polizei oder Fenster einschlagen befanden sich gerade in der engeren Wahl, als ich mit meinem Fahrrad fröhlich pfeifend um die Ecke bog. Im ersten Moment herrschte Sprachlosigkeit auf beiden Seiten. Es folgte ein ordentliches Hallo und viel erleichtertes Gelächter. Ist es nicht schön, Nachbarn mit offenen Augen zu haben, die in der Not zur Stelle sind?

Pünktlich fand ich mich also am mit dem Revierförster vereinbarten Treffpunkt ein, um meinen ersten vorpommerschen Hirsch zu jagen. Noch leuchteten die Sterne am klaren Nachthimmel, als wir eine hohe Leiter erklommen, die uns den Blick auf einen etwa tausend Quadratmeter großen Kahlschlag freigab, nur bestanden von einigen wenigen Anflugfichten und -birken. Rundum umgab uns ein dunkler, kaum einsehbarer Fichtenbestand. Das Brunftgeschehen klang anscheinend merklich ab, denn trotz der kühlen, klaren Witterung schwiegen die Könige der Wälder.

Langsam stieg die Herbstsonne rosarot am Horizont empor, da schreckte uns ein kurzer, rauer Trenzer auf. Hier knackte ein Zweig, dort rauschten Fichten, ein starker Wildkörper schob sich in unmittelbarer Nähe unseres Ansitzes durch den Bestand. Uns stockte der Atem, und meine Hände begannen unwillkürlich zu zittern. Schon erschien ein starkes Haupt aus dem Fichtensaum und äugte mürrisch und missmutig auf den Kahlschlag. Der Hirsch ließ sich unendlich viel Zeit, windete immer wieder auf die Freifläche, während sich seine Luser in alle Richtungen bewegten. In der irrigen Annahme, die Luft wäre rein, wechselte er gemächlich auf den Schlag und präsentierte sich in seiner ganzen Kraft und Größe. Ein gerader Vierzehnender von enormer Wucht und mit armdicken Stangen beglückte die beiden aufgeregten Jäger. Unwillig bearbeitete der hoch jagdbare Hirsch einige junge Birken, dass die bereits verfärbenden Blätter nur so durch die Luft flogen. Wir genossen diesen fantastischen Anblick in vollen Zügen, und der Griff zum Gewehr unterblieb, denn dass es sich hier nicht um einen geringen Hirsch handelte, erkannte selbst ich als Rotwildlaie. Dies schien auch dem Vierzehnender durchaus bewusst zu sein, denn eine volle Stunde ließ er sich von allen Seiten bewundern, ehe er gelassen und selbstsicher wieder in die Dickung einzog. Ich kehrte zwar ohne Beute heim, aber allein dieser Anblick übertraf alle meine Erwartungen. Der folgende Abend verlief dann umso enttäuschender. Das Thermometer schnellte nach oben, und ein leichter Nieselregen setzte ein. Die Hirsche zogen daher die trockenen Dickungen vor und blieben unseren Blicken verborgen. Der nächste Morgen machte dann auch die letzten Träume zunichte. Heftige Sturmböen und prasselnder Regen empfingen mich, als ich aus dem Haus trat. Am liebsten wäre ich wieder in die warmen Federn gekrochen, doch was nützte es, der Revierförster erwartete mich am Waldrand und aufgeben kam nicht in Frage. Mein Begleiter schimpfte nach einer kurzen Begrüßung über das miserable Wetter, und beide stapften wir durch den pitschnassen Wald zu unserem Ansitz. Schweigend und ohne große Hoffnungen saßen wir auf der glücklicherweise geschlossenen Kanzel und lauschten dem Rauschen des Windes und dem Plätschern des Regens. Nur zögerlich erhellte sich der trübe Tag und gab den Blick frei auf einen tiefen Graben, der schnurgerade den Waldrand von einer etwa dreißig Meter breiten Schneise trennte. An die Schneise grenzte ein lückiger Erlenbestand, unterstanden mit Brombeeren und Himbeeren. Plötzlich stand wie hingezaubert ein junger Hirsch auf der Schneise und schüttelte sich die Feuchtigkeit aus der Decke, dass es nur so sprühte. Während ich die 9,3 vorsichtshalber in Stellung brachte, sprach der Revierförster den frühen Wanderer ruhig und konzentriert durch das Fernglas an. Ein kurzes, aber viel sagendes Kopfnicken, und das Fadenkreuz wanderte zum Blatt. Doch bevor der Finger den Druck auf den Abzug verstärken konnte, strebte der Hirsch im flotten Troll dem Graben zu. Kurz davor ein kurzes, verhängnisvolles Verhoffen, denn diese letzte Chance ließ ich nicht ungenutzt verstreichen. Dumpf hallte der Kugelschlag zurück, und an der Grabenkante spritzten Erde und Grasbüschel auf. Mit einer gewaltigen Flucht setzte der Beschossene über den Graben, drehte auf der Hinterhand, sprang wieder zurück und flüchtete über die Schneise in den Erlenbestand. Dort knackte es noch einige Male, und der Spuk war vorbei.

»Gefehlt!«, lautete der trockene Kommentar meines Begleiters. Ich konnte es nicht fassen und eilte zum Anschuss. Tiefe Eingriffe markierten denselben, und nur Augenblicke später fand ich den ersten Schweiß, eindeutig Lungenschweiß. Das Hoffnungsbarometer stieg erheblich, und vorsichtig folgten wir der Fluchtfährte. Nach etwa zweihundert Metern standen wir vor meinem ersten vorpommerschen Hirsch, einem Achter mit kurzen, dicken Stangen. Der trübe Morgen verwandelte sich für mich in einen strahlenden Tag, und immer wieder umfasste ich die tiefbraunen Stangen. Vorpommern hatte mich reich beschenkt.

Irrtümer

»Irren ist menschlich«, sagt ein allseits bekanntes Sprichwort, und an dieser Weisheit hat sich bis heute nichts geändert. Auch wenn wir uns so gern als rationale Wesen verstehen und bezeichnen, beherrschen doch zum überwiegenden Teil Emotionen unser Denken und Handeln. Je mehr eine Entscheidung unter Zeitdruck gefällt werden muss, desto stärker gewinnt das Gefühl die Oberhand. Im gleichen Maße wächst natürlich auch die Gefahr von Fehleinschätzungen und damit von Irrtümern. Doch dort, wo Risiken sind, schlummern auch Chancen. Was letztendlich als Fehlentscheidung oder als Erfolg zu werten ist, darüber urteilen im Zweifelsfall der Markt, die Gerichte oder gar die Geschichte.

Auch wir Jäger treffen Entscheidungen, und das häufig in Bruchteilen einer Sekunde. Und auch uns unterlaufen Irrtümer, die wir bedauern und über die wir nur ungern sprechen. Ich schreibe sie trotzdem nieder, obwohl ich mir darüber im Klaren bin, dass der eine oder andere verständnislos den Kopf schütteln wird. Bevor es ernst wird mit den jagdlichen Fehlgriffen, lassen Sie mich über einen Irrtum aus meiner Jugendzeit berichten, der mir gerade in den Sinn kommt, während ich aus dem Fenster meines Arbeitszimmers blicke und die aus dem Hühnerhagen entflohenen Hühner beobachte. Voller Eifer kratzen sie, sehr zum Ärger meiner Frau, die Gartenerde auseinander und zerstreuen dabei die gerade erst ausgesäten Blumen- und Gemüsesamen in alle Windrichtungen. Für alle Nicht-Schleswig-Holsteiner sei gesagt, dass es sich bei einem Hühnerhagen um ein Freilaufgehege für Hühner handelt. Nur leider interpretieren unsere Hühner den Begriff allzu frei, halten sich nicht an den eingrenzenden Zaun und suchen eben auch den Garten heim.

Als Jugendlicher nun hielt ich auf dem elterlichen Anwesen jedes Jahr einige Masthähnchen. Die züchterische Ausrichtung dieser Rasse konzentrierte sich einzig und allein auf einen möglichst hohen Fleischanteil. Entsprechend stark ausgeprägt waren daher Brust und Keulen. Eines Tages traf ich mit einem guten Freund zusammen, der ebenfalls Hähnchen mästete, jedoch den größeren Teil davon an Kunden verkaufte. In diesem Gespräch berichtete er mir von einem wahren Schnäppchenkauf. Er könne Masthähnchenküken zu einem Sonderpreis erstehen, und bei einer zahlenmäßigen Ausweitung des Auftrages wäre ein weiterer sensationeller Rabatt zu erzielen. Er schilderte mir dieses Superangebot in den schillerndsten Farben, und bei der errechneten Gewinnspanne schien mir der nächste Urlaub schon gesichert. Überzeugt, vor dem Geschäft meines Lebens zu stehen, bestellte ich kurzerhand einige hundert der kleinen Hühnervögel und berichtete meinen Eltern am Abend stolz über den lukrativen Deal und die Geschäftstüchtigkeit ihres Sprösslings. Dass diese von der bevorstehenden Hühnerinvasion nicht eben begeistert waren, brauche ich wohl nicht weiter auszuführen.

Nur wenige Tage später rollte ein großer Lkw auf den Hof, eine Vielzahl piepsender Kartons stapelte sich vor dem Stall, und ich begann meine Karriere als Hähnchenmagnat. Die künftigen Grillopfer wuchsen und gediehen programmgemäß, und bereits nach kurzer Zeit wurde mir klar, dass unsere Stallkapazitäten bei weitem nicht ausreichten, um die Hähnchen bis zum Schlachttermin zu halten. Also bot ich in den umliegenden Dörfern meine Masthähnchen günstig an, lobte den zu erwartenden hohen Fleischanteil und konnte schon nach kurzer Zeit aufgrund starker Nachfrage meine Bestände lichten. Je mehr meine Mastrasse jedoch ihre endgültige Form annahm, desto mehr wunderte ich mich über deren Aussehen. Auch erste, wenn noch zögerliche Anfragen der von mir Belieferten ließen Böses ahnen. Denn die so genannten Masthähnchen entpuppten sich mehr und mehr als wahre Rennhähne mit starken, sehnigen Beinen, jedoch gänzlich fehlendem Fleischanteil. Das Brustbein stach messerscharf aus der fehlenden Hühnerbrust hervor, und die Beine waren lang und dünn. Einer meiner erbosten Aufkäufer brachte es auf den Punkt: »Vorne nichts und hinten nichts und dazwischen noch viel Luft!«

Aber, wie gesagt, laufen konnten sie. Danach stellte ich, wer konnte es mir verdenken, meine Aktivitäten in der Hühnerbranche erst einmal ein. Daher möchte ich hier das Kapitel »Federvieh« wieder verlassen und mich wieder der Jagd zuwenden.

Wir schrieben Anfang Oktober, und ich widmete mich dem Rickenschuss. Der marode, bereits beschriebene Eichensitz existierte noch, und vor diesem unzuverlässigen Ansitz trat zu sehr vorgerückter Stunde, aber sehr regelmäßig eine alte Ricke aus. Während mehrerer Ansitze zog sie stets allein aus einer nur dreihundert Quadratmeter großen Fichtendickung aus, um an den Brombeerblättern zu naschen und hier und da einige Eicheln aufzunehmen. Dabei verhielt sie sich außerordentlich vorsichtig, sicherte bei dem kleinsten Geräusch misstrauisch in alle Richtungen und vermied es, auf die kleinen Freiflächen zwischen dem üppigen Junganwuchs auszutreten. Als ich sicher war, dass sie kein Kitz führte, entschloss ich mich zum Abschuss und bestieg an einem nasskalten Oktoberabend den Eichensitz. Das Rauschen der hoch gewachsenen Eichen übertönte jedes Geräusch, und die grauen Wolken am Himmel ließen es vorzeitig dunkeln. Schon überlegte ich, abzubaumen, nur die Hoffnung auf eine möglicherweise noch anwechselnde Rotte Sauen, die sich in den letzten Tagen ebenfalls an der üppigen Eichelmast unter meinem Sitz gütlich getan hatten, hielt mich noch auf der Ansitzleiter.

Plötzlich löste sich lautlos ein Schatten rechts von mir aus der Fichtendickung und zog geisterhaft durch den Jungwuchs. Auf etwa dreißig Meter verhoffte das Stück direkt hinter einem Strauch. Mit vollster Überzeugung und ohne die geringste Spur eines Zweifels wähnte ich die alte Ricke vor mir, und Sekunden später versandte ich aus dem Lauf der 9,3 das 16-Gramm-Geschoss. Das beschossene Stück katapultierte sich förmlich mit allen vieren hoch in die Luft, vollführte einen klassischen Salto, kam auf dem Ziemer zu liegen, schlegelte kurz, sprang wieder auf und flüchtete schwerfällig zurück in die Fichtendickung. Ich holte erst einmal die Taschenlampe aus dem Auto, um den Anschuss abzuleuchten, denn den Sitz der Kugel vermochte ich nach dem eigentümlichen Verhalten der Ricke nicht recht zu deuten. Doch schon nach kürzester Zeit fand ich das erste Schnitthaar und jede Menge Lungenschweiß. Erleichtert und beruhigt folgte ich der gut sichtbaren Schweißfährte und stand, Hubertus verhülle sein Angesicht, vor einem starken Bock. Kaum lauscherhohe, tiefdunkle Sechserstangen mit gewaltigen Dachrosen und einzelnen, kleinfingerstarken Perlen leuchteten mir entgegen. Glücklicherweise stand noch ein Bock auf meinem Abschussplan, und auch die Schonzeit hatte Anfang Oktober noch nicht begonnen. Außerdem konnte man sich über die ausgereifte, bereits zurückgesetzte Trophäe wirklich freuen. Es stand eigentlich alles zum Besten und eben doch nicht, denn solch ein gravierender Ansprechfehler sollte einem nicht unterlaufen. Doch ich hatte den Bock vorher noch nie gesehen. Nur die alte Ricke pflegte mutterseelenallein unter der Eiche herumzubummeln. Daher plagten mich im Moment der Schussabgabe auch keinerlei Befürchtungen, nicht die bestätigte Ricke vor mir zu haben. In meinem Schussbuch ist der Bock unter dem Namen »Der Unerkannte« vermerkt, um mir meinen Irrtum stets vor Augen zu halten.

Etwa vierhundert Meter Luftlinie vom Eichensitz entfernt befand sich ein Hügel, der aus dem ansonsten moorigen, mit Eschen, Erlen und Birken bestandenen Gelände wie eine Insel herausragte. Auf dieser Erhebung standen an die zehn gewaltige, uralte Eichen, und zahllose Gebräche bewiesen, dass sich die Sauen die Früchte dieser knorrigen Bäume nur zu gern einverleibten. Was lag also näher, als hier eine Kanzel zu errichten, um die naschhaften Schwarzkittel zu gegebener Zeit abzupassen. Um die jagdlichen Chancen zusätzlich zu verbessern, sägte ich rund um den Hügel im Schweiße meines Angesichts einige Schussschneisen in den umstehenden Birkenaufwuchs und kirrte zusätzlich ein wenig mit Mais an. Etwa dreihundert Meter zur Rechten lag eine Eingatterungsfläche, die mit Fichten bepflanzt war. Im Laufe der Zeit verschafften sich die Sauen Zutritt in das Gatter, indem sie den Draht mit dem Wurf anhoben, hochdrückten und dann bequem einwechseln konnten. Hier fühlten sie sich allem Anschein nach absolut sicher, denn sie erkoren die Eingatterung als Kinderstube, und bereits im zeitigen Frühling konnte ich das lustige Gerangel und Gequietsche von meinem neuen Ansitz klar und deutlich vernehmen. Leider streckte ich von diesem exponierten Platz aus nur wenige Sauen, denn mit Ausnahme der freigeschlagenen Schneisen wuchs um die Eichen und damit den Hochsitz üppiges Grün. Dies nutzten die Sauen und umschlugen erst einmal weiträumig das dubiose Gefilde, um sich Wind zu holen, sodass ich oft das Nachsehen hatte.

Doch dann kam der Dezember und mit ihm die Rauschzeit. Der umgepflügte Waldboden und die zahlreichen Fährten ließen Hoffnung aufkeimen. Als dann noch leichter Schneefall die Nacht erhellte, gab es für mich kein Halten mehr. Nun kannte natürlich auch Jagdfreund Achim den Ansitz und gedachte mir in seiner liebenswürdigen, vorausschauenden Art einen Gefallen zu tun, indem er ein dickes Styroporbrett auf die Sitzbank legte, um mein Hintergestell vor Kälte und Nässe zu schützen. Bei all seiner positiven, wärmedämmenden Eigenschaft weist Styropor einen entscheidenden jagdlichen Nachteil auf: Es knarrt und quietscht, wenn man darauf sitzt und sich auch nur geringfügig bewegt. Diese Feststellung traf ich dann auch bereits nach wenigen Minuten, doch anstatt die Lärmquelle kurzerhand aus der Kanzel zu werfen, verstaute ich sie, wahrscheinlich aus einer sentimentalen Anwandlung heraus, an der rechten Seite der Kanzel.

Bereits nach kurzer Zeit ertönte ein vielstimmiges Quieken aus der Eingatterungsfläche, doch es dauerte noch über eine Stunde, bis die ersten Sauen auf der Bildfläche erschienen. Eine starke Überläuferbache zog auf einer der Schneisen zielstrebig auf die Eichen zu und begann ohne lange Umstände sofort nach Eicheln zu brechen. Ein zweites, etwas größeres Stück folgte ihr, wenn auch zögerlich und ohne auf die Schneise zu wechseln. Zu Recht vermutete ich den liebeshungrigen Keiler, der, auf Freiersfüßen wandelnd, die obligatorische Vorsicht außer Acht ließ und die Augen nicht von der Auserwählten wenden konnte. Doch wie auch wir sinnliche Stunden gern mit einem opulenten Mahl beginnen, kümmerte sich auch die Bache erst einmal um die Gaumenfreuden. Dabei zog sie immer weiter in die Mitte der Freifläche. Den ungestümen Liebhaber hielt es daraufhin nicht mehr im Buschwerk, und er folgte seiner Angebeteten, wenn auch nur unwillig, um ihr augenblicklich eindeutige Avancen zu machen. Doch diese biss den feurigen Bewerber mit bösem Gebrumm ab, worauf unversehens eine heftige Rangelei begann. Ich nutzte den Moment der Unachtsamkeit und schob die 9,3 über die Brüstung der Kanzel. Dabei streifte ich unglückseligerweise leicht mit dem Gewehrriemen über die Styroporplatte, was ein leichtes Kratzgeräusch verursachte. Blitzartig beendeten die Sauen ihr Liebeswerben und wuselten wild durcheinander. Ich versuchte, den Keiler nicht aus dem Zielfernrohr zu verlieren, und sobald er einigermaßen breit stand, ließ ich fliegen. Während das beschossene Stück die Schneise entlang von mir weg flüchtete, verschwand die zweite Sau Richtung Eingatterungsfläche.

Als Erstes beförderte ich voller Wut das Styroporbrett auf die Erde, dann kletterte ich hinterher, um zum Anschuss zu schauen. Dunkler, mit Grieseln durchsetzter Leberschweiß leuchtete mir auf dem jungfräulichen Schnee entgegen, und ich brach die Nachsuche erst einmal ab, um das Stück nicht wieder aufzumüden. Zwei Stunden später, so gegen 21 Uhr fand ich mich mit Achim, Uwe und Charlie wieder am Schauplatz ein. Uwe legte seinen Charlie zur Fährte, während Achim und ich schwer bewaffnet folgten. Nach dreihundert Metern dann wurde der Schweißriemen schlaff, und wir standen vor der rauschigen Überläuferbache. Sie war noch warm, konnte also erst kurz vorher verendet sein. Das Haupt war Richtung Hochstand gerichtet, so als ob sie der aus dieser Richtung kommenden Gefahr ein letztes Mal die Stirn bieten wollte. Ich begreife bis heute nicht, wie ich den Keiler verlieren und auf die Bache schießen konnte, ohne im Ablauf der zugegebenermaßen hektischen Ereignisse den Rollentausch der beiden zu bemerken. Sicherlich, auch hier lag kein Fehlschuss im eigentlichen Sinne vor, aber bei mir wollte keine rechte Freude aufkommen über diesen Irrtum.

Das Jahr der Hilfe

Stellen Sie sich bitte folgende Situation einmal bildlich vor: Ein junges Ehepaar zieht von zu Hause weg und erwirbt dreihundert Kilometer entfernt in Vorpommern einen Resthof. Die Fußböden müssen neu gefliest werden, die Wände tapeziert, die Balken abgeschliffen und neu gestrichen. Ein neues Stallgebäude für die Maschinen und Tiere fehlt, die Heuernte steht vor der Tür und die Zimmer im Obergeschoss werden dringend benötigt. An der Wasserversorgung hapert es, der Schornstein bedarf dringend einer Sanierung und der große Gemüsegarten wartet auf den ersten Spatenstich. Die Elektroleitungen können alles vertragen, nur bitte keinen Strom, die Lampen hängen nicht da, wo sie hingehören, und die Dachrinnen sind ein nicht mehr wasserführendes Biotop. Damit war die Liste der dringendst zu erledigenden Aufgaben noch keineswegs abgeschlossen.

Sie werden längst erraten haben, um wen es sich bei dem jungen Ehepaar handelte: um meine Frau und mich natürlich sowie unserer Tochter Mareike, die in der Wiege lag, und unsere zweite, Annika, die sich zu dieser Zeit gerade anschickte, ebenfalls in die Familiengeschichte einzugreifen. Und wie, werden Sie fragen, ist ein solches Pensum innerhalb eines Jahres, noch dazu ohne nennenswerte finanzielle Reserven, zu bewältigen? Ich werde es Ihnen sagen: gar nicht – wenn Sie nicht das unverschämte Glück haben, dass Familie und Freunde einträchtig und geschlossen hinter Ihnen stehen und in jeder freien Minute helfen, gestalten, mitwirken und bauen. Allein das Gefühl, nicht allein vor einem solchen Berg an Aufgaben zu stehen, gibt neue Kraft, schafft neuen Optimismus und bietet Rückhalt. Daher sei bereits an dieser Stelle all denen Dank gesagt, die uns so tatkräftig während unserer »Vorpommernzeit« unterstützt haben. Auch wenn es spießig oder gar altmodisch klingen mag, lassen Sie mich einige Worte über den Wert einer intakten Familie verlieren. Diejenigen, die über dieses Thema die Nase rümpfen, bitte ich, diese Seiten einfach zu überblättern, denn mir liegt dieses Thema sehr am Herzen und ich möchte mir meine Gedanken dazu gern von der Seele schreiben. Wenn dann hier und da über den Wert und die Zukunft der

Familie diskutiert wird, und sei es noch so kontrovers, wäre ich mit diesem Ergebnis bereits sehr zufrieden.

Meiner Frau und mir zumindest gab das Bewusstsein, dass Großeltern, Eltern und Schwiegereltern immer mit Rat und Tat zur Seite standen, wenn wir sie benötigten, immer ein Gefühl der Sicherheit. Wichtige Entscheidungen konnten, wenn wir wollten, im »Familienrat« besprochen werden. Wir waren stets dankbar für andere Meinungen und Ansichten, um diese dann mit ins Kalkül einbeziehen zu können. Das heißt natürlich nicht, dass man kein eigenes, selbstbestimmtes Leben führte oder eine ständige Einmischung fürchten musste. Doch wenn man Hilfe, Unterstützung oder Ratschläge benötigte und darum bat, wurden sie einem nicht verwehrt. Meiner Frau und mir hat dieses intakte Familiengefüge zumindest immer die Kraft verliehen, auch schwere Lebenslagen zu meistern.

Wenn auch das folgende Beispiel die angesprochene Dimension nicht abdecken kann und eventuell eher zum Schmunzeln anregt, möchte ich es doch anführen: Beim alljährlichen Gänserupfen überkommt mich jedes Mal ein Gefühl der Dankbarkeit und der tiefen Freude, wenn ich Großmutter, Eltern, uns selbst und unsere Kinder im Kreis sitzen sehe, jeder eine Gans in der Hand und eifrig rupfend. Vier Generationen arbeiten dann zusammen und reden über alte Zeiten, Tagespolitik oder nur die täglichen Sorgen.

Das Jahr der großen Hilfe wurde eingeläutet durch einen gewaltigen Orkan, der über Schleswig-Holstein hinwegfegte und die Fichten in den Wäldern meines heimatlichen Dorfes knickte wie Strohhalme. Wie beim Mikado lagen die Stämme kreuz und quer durcheinander gewürfelt auf den Waldwegen und den Beständen. Der Förster wusste nicht, wohin er seine Waldarbeiter zuerst schicken sollte, um die dringendsten Aufräumarbeiten zu erledigen. Daher nahm er mein Angebot, das Bauholz für meinen zukünftigen Stall selbst zu bergen, gerne an. Mein Vater, einige gute Freunde und ich selbst arbeiteten über eine Woche die Stämme auf, rückten sie an die Waldwege und transportierten sie zur Sägerei meines Onkels, der bis spät in die Nacht das Holz in Balken, Bretter und Dachlatten verwandelte. Ein befreundeter Fuhrunternehmer und ein weiterer Cousin von mir ließen es sich dann nicht nehmen, das vorbereitete Bauholz in ihrer knappen freien Zeit die dreihundert Kilometer bis nach Kirchdorf zu fahren. Zeitgleich trafen meine Großeltern, meine Eltern und ein befreundeter Zimmermann mit einem Gesellen ein, um die Holzkonstruktion auf den von mir vorbereiteten Fundamenten zu errichten. Währenddessen plante und erneuerte mein Schwiegervater als erfahrener Elektromeister sämtliche stromführenden Kabel, Steckdosen und Verteilerdosen und sorgte damit für die notwendige elektrische Sicherheit. Zur gleichen Zeit kümmerte sich meine Schwiegermutter, mit einem Heißluftgebläse bewaffnet, um unsere Zimmertüren und förderte in mühsamer Arbeit die unter unzähligen Farbschichten verborgenen feinen Holzmaserungen zu Tage. Da zur selben Zeit die Heuernte begann, packten auch meine neuen Nachbarn Hans und Fredi tatkräftig mit zu, und auch Jürgen, ein erfahrener Landarbeiter aus meinem alten Dorf, war mit von der Partie.

Morgens um sechs Uhr begannen wir mit dem Aufrichten der Ständer, und abends um 18 Uhr feierten wir das Richtfest. Bereits am nächsten Tag begannen meine Eltern, die äußere Stülpschalung, also die Außenbretter anzubringen, während meine Frau und ich das Dach mit Pfannen eindeckten. Da meine Großmutter mit dem Essenkochen beschäftigt war und Opa mit fast fünfundachtzig Jahren mit Wasserwaage und Lot die Bauaufsicht übernommen hatte und dabei gnadenlos und unerbittlich auf unvorschriftsmäßige Bauausführung hinwies, stand unsere kleine Mareike, noch kein Jahr alt, in ihrem Kinderwagen ein wenig einsam und verlassen da. Als kontaktfreudiger, kommunikativer Mensch, der sie heute noch ist, empörte sie sich über ihr Eremitendasein und schrie wie am Spieß. Zwar bekundeten wir alle Verständnis für das arme, vernachlässigte Kind, aber keiner fand die Zeit, diesen Umstand zu ändern. Doch dann folgte die Erleuchtung. Wir trugen Mareike samt Zubehör auf das Dach, und das Wunder geschah. Sie verstummte augenblicklich, schaute sich das rege Treiben interessiert an und setzte eine fachlich kompetente Miene auf. Doch das Geklapper der Dachpfannen wirkte anscheinend so ermüdend, dass sie schon nach kurzer Zeit einschlief.

Während meine Eltern und meine Frau weiter am Stall zimmerten, fuhr ich am nächsten Morgen in aller Frühe mit Trecker und Kreiselmäher in die Wiesen, um das Gras zu mähen. Dabei bot sich mir schon von weitem ein bislang nie gesehener Anblick. Die Wiese war übersät mit weißen Punkten, die in dem kniehohen Gras hin und her stolzierten. An die hundert Weißstörche gaben sich an diesem ruhigen Plätzchen ein Stelldichein. Zwar konnte auch unser Dorf mit einem Storchennest aufwarten, das jedes Jahr bezogen war, aber eine derartige Großdemonstration übertraf alles bisher Dagewesene. Vorpommern sorgte doch immer wieder für Überraschungen.

Kurz vor Mittag lag dann das letzte Teilstück der großen Wiese säuberlich abgemäht vor dem Hobbybauern, und ein herrlicher, würziger Geruch lag in der Luft. Susanne und natürlich auch Mareike erschienen mit dem Auto bei der Wiese, und wir genossen ein gemütliches Picknick mit Brause und Schinkenstullen. Kann das Leben überhaupt noch schöner sein?

Nach dieser kurzen, aber angenehmen Unterbrechung erfolgte der Umbau der Heumaschinen. Glücklicherweise hatte Jürgen, unser wackerer Landmann, die ersten Teilflächen bereits einige Tage zuvor gemäht und regelmäßig gekehrt. Zudem herrschte ideales Heuwetter. Die Sonne schien ungehindert vom blauen Himmel, und ein stetiger Ostwind sorgte für den notwendigen Trocknungseffekt. Ich schwadete das schon leise knisternde Heu zusammen, sodass am nächsten Tag bereits die Presse zum Einsatz kommen sollte. Abends fand sich noch ein wenig Zeit für einen kurzen bewaffneten Waldspaziergang. Auch wollte ich meinem Vater das neue Revier präsentieren. Während der Fahrt schwärmte ich von der reizvollen Lage meines neuen Wirkungskreises, von den interessanten Rehböcken und dem sagenhaften Schwarzwildbestand.

Und Vorpommern hielt, was ich versprach, denn kaum hatten wir das Auto abgestellt und etwa fünfzig Meter auf dem Waldweg zurückgelegt, polterte es in der Dickung und eine Überläuferrotte querte in Schrotschussweite unsere Marschrichtung. Mit einem schnellen Schuss streckte Vater einen schwachen Überläuferkeiler, und die Freude über die unverhoffte Beute hätte nicht größer sein können. Das anschließende, feierliche Tottrinken des erlegten Schwarzkittels durfte nur kurze Zeit in Anspruch nehmen, da meine Mutter und meine Frau den Tapeziertisch gut sichtbar in der Küche platziert hatten.

»Wir wollen nur eine oder zwei Bahnen an die Wand bringen, um einmal zu sehen, wie das Muster wirkt«, lautete die beruhigende Aussage. Ehrensache, dass Vater und ich ebenfalls mit Hand anlegten, und gegen 23 Uhr erstrahlte der Flur im neuen Gewand. Müde und erschöpft bewunderten wir unser Werk, und alle zog es Richtung Bett. Küche und Stube standen für den nächsten Tag auf dem Arbeitsplan, doch ich bezweifelte die Realisierbarkeit dieses Plans, wartete doch auch das Heu. Zudem sagte der Wetterbericht für den nächsten Nachmittag aufkommende Bewölkung und einsetzenden Regen voraus. Während wir uns also Richtung Bett orientierten, werkelte meine Mutter noch in der Küche herum. »Ich räume nur noch ein wenig auf, dann gehe ich auch schlafen«, lautete die knappe Auskunft. Schnell fiel ich in einen tiefen, traumlosen Schlaf. Als ich am nächsten Morgen gegen sechs Uhr erwachte und in die Küche trat, räumte Mutter gerade die letzten Tapezierutensilien zusammen. Ungläubig starrte ich auf die rundum erneuerten Küchenwände und auch die Wohnstube präsentierte sich in neuem Glanz. Ich muss ein ziemlich dummes Gesicht gemacht haben, denn meine Mutter betrachtete mich lachend und sagte: »Nun guck nicht so verbiestert, ich konnte doch nicht schlafen, und da habe ich eben die Nacht durchgearbeitet.«

Nach einem herzhaften Frühstück und einigen starken Tassen Kaffee begann ich dann das Heu aufzupressen. Kurze Zeit später erschienen meine Nachbarn Hans und Fredi mit Trecker sowie Anhänger, um die gepressten Heuballen per Forke aufzuladen. Die sonst so zuverlässige Presse entschloss sich jedoch, unseren Arbeitseifer empfindlich zu bremsen, indem sie das Sachsband, welches das Heu zusammenhalten soll, nicht mit einem Knoten versah. Die Heuballen fielen also immer wieder auseinander und waren somit für den Abtransport unbrauchbar. Wir standen um das heimtückische Gerät herum, klopften hier und schraubten da, doch ohne durchschlagenden Erfolg. Opa lief derweil wie ein eingesperrter Tiger auf dem Hofplatz auf und ab und wartete, vergeblich, auf die Ankunft der ersten beladenen Anhänger. Schließlich wurde es ihm zu bunt, und er zitierte meine Frau herbei. »Susanne, ich weiß nicht, was die da treiben! Fahr mich sofort in die Wiesen, ich muss sehen, was da los ist!«

Gesagt, getan. Kaum angekommen, sprang er aus dem noch fahrenden Wagen und lief mit seinen fünfundachtzig Jahren, schwer vom Asthma gepeinigt, schnurstracks zur defekten Heupresse. Als erfahrener landwirtschaftlicher Lohnunternehmer und begnadeter Maschinenfachmann scheuchte er uns, die wir ratlos um die Presse standen, erst einmal auseinander.

»Aus dem Weg mit euch! Durch Gucken und Reden wird die Maschine auch nicht wieder heil. Du, Carsten, setzt dich auf den Trecker und beginnst zu pressen!«

Schweißüberströmt, fast am Ende seiner Kraft, lief Großvater neben der Maschine her, ließ mich kurz halten, bog mit einer Zange etwas an dem Knoter herum und befahl den erneuten Start. »Und jetzt an die

Arbeit!«, rief er, wandte sich ab, ohne sich auch nur einmal von der Funktionsfähigkeit zu überzeugen, und winkte meine Frau mit dem Wagen heran. Und was soll ich sagen? Die Heupresse fertigte einen Heuballen nach dem anderen in schönster Gleichmäßigkeit. Ein halbes Jahr später verstarb mein Großvater, und noch heute denke ich voller Bewunderung und Hochachtung an diesen Mann.

Als am Abend dann die ersten schweren Regentropfen vom Himmel fielen, lag das gesamte Heu gut aufgeschichtet und gestapelt auf dem Boden unseres Bauernhauses. Mehr als zehn Verwandte und Freunde feierten bis in die Nacht hinein mit uns das Erntefest.

Ich habe nur einige Episoden aus diesem arbeitsreichen Jahr ausgewählt, denn über alle Aktionen und Akteure im Einzelnen zu berichten, hätte sicherlich ein ganzes Buch gefüllt, wobei die Erkenntnis die gleiche geblieben wäre. Wie reich ist man doch, wenn man eine solche Familie und Freunde an seiner Seite weiß. Mir war es noch nie so klar wie in diesem Jahr der Hilfe.

Meine beiden Besten

Über die Hege des Schwarzwildes und vor allem über das Schießen älterer führender Bachen ist in der Jagdpresse viel diskutiert und geschrieben worden. Da ich selbst nicht zu den großen Experten in Sachen Schwarzwildhege zähle, verzichte ich an dieser Stelle geflissentlich auf längere wissenschaftliche Abhandlungen zu diesem Thema.

Nur so viel: Ich selbst habe mich immer zuerst auf die Bejagung der Frischlinge konzentriert und meine Leitbachen am Leben gelassen. Wer ein Herz hat, dem wird der Anblick verwaister Frischlinge, die verängstigt und orientierungslos durch die Wälder streifen, an die Nieren gehen. Auch wird kein Jäger, der seine hegerischen Pflichten ernst nimmt und dem Begriffe wie Moral und Ethik nicht abhanden gekommen sind, ein Muttertier erlegen, gleichgültig, um welche Tierart es sich handelt. Es ist unumstritten, dass die Schwarzwildbestände vielerorts untragbare Ausmaße angenommen haben und vor allem in den Feldrevieren Wildschäden anrichten, die sowohl den Bauern als auch den Jagdpächtern die Tränen in die Augen treiben. Doch deshalb wahre Vernichtungsfeldzüge gegen diese clevere und vielseitige Wildart in einer Weise zu führen, die jeden Tierschutzgedanken ad absurdum führt – ich weiß, wovon ich spreche –, kann und darf auf Dauer nicht toleriert werden. Wie häufig wird vollmundig über die Waidgerechtigkeit des deutschen Jagdwesens gesprochen, und gerade bei der Schwarzwildbejagung, der Jagd auf das letzte wehrhafte Wild, benehmen sich manche so genannte Waidmänner wie hemmungslose Schlächter.

Man möge mir an dieser Stelle meine harsche Kritik verzeihen, doch meiner Meinung nach stehen wir als Jäger und auch als Landwirte viel zu sehr im Rampenlicht einer öffentlichen Grundsatz- und Wertediskussion, als dass wir uns Negativschlagzeilen aufgrund der von mir angedeuteten Aktionen leisten könnten. Auch wir Jäger sind nun einmal und Gott sei Dank Mitglieder unserer Gesellschaft und haben uns, wollen wir uns nicht ausgrenzen, mit der Entwicklung der Werte auseinander zu setzen. Sie spüren sicherlich die Verärgerung, die aus diesen Zeilen spricht. Auch ich beschränkte mich nicht nur auf die Bejagung der Frischlinge und Überläufer, sondern auch mir ging so mancher gute Keiler ins Netz, über dessen Erlegung ich mich redlich freute. Von den beiden besten möchte ich Ihnen nach diesem kleinen, aber notwendigen Exkurs nun endlich berichten. Häufig beginnt ja ein herausragendes Ereignis oder Erlebnis mit einem mehr oder minder schweren Fiasko. Zumindest mir ist es bereits einige Male so ergangen. Und über so manchen Verdruss hat mich die erwartungsvolle Spannung hinweggetröstet, ob daraus wohl irgendwelche positiven Folgen entstehen würden.

An diesem heißen, sonnigen Augustwochenende befanden sich meine Eltern zu Besuch in Kirchdorf, um uns beim Ausbau weiterer Zimmer im Obergeschoss zu unterstützen. Zur Vorbereitung der Grundkonstruktion benötigten wir einige dickere Balken, die wir der Einfachheit halber von außen durch das Giebelfenster schoben. Dabei stellte mein Vater die Balken zu ebener Erde ans Fenster, während ich oben stand, um das Holz in Empfang zu nehmen und hochzuziehen. Schon wartete der letzte Balken auf seinen Höhenflug. Ich packte das Ende, beugte mich dabei ein wenig vor und begann mit der Hebeaktion. Im selben Moment jedoch schob mein Vater in wohlmeinender Absicht kraftvoll nach, sodass der Balken meinen Händen entglitt. An den weiteren Ablauf kann ich mich nur noch bruchstückhaft entsinnen. Durch die enorme Schubkraft schoss der Balken mir durch die Hände und knallte mir mit voller Wucht an Nasenwurzel und Stirn. Es folgte ein klassischer »Knockout«, und ich fand mich auf dem Rücken liegend auf den Fußbodenbrettern wieder. Immer noch ein wenig benommen, konnte ich zumindest zur Kenntnis nehmen, dass sich sowohl meine Nase als auch der Balken nur unbedeutend deformiert am rechten Fleck befanden. Schon eilte auch der ärztliche Notdienst in Gestalt meiner Frau herbei und versorgte mich mit kühlenden Essigumschlägen zur äußeren Anwendung. Der ebenfalls diagnostizierte Schock wurde erfolgreich mit einem eiskalten Schnaps behandelt.

Nach diesem Anschlag auf Leib und Leben stellte ich jede weitere handwerkliche Tätigkeit ein und beschloss, den Tag mit einem Ansitz an den Klintwiesen gefahrlos ausklingen zu lassen. Ich kletterte die Leiter empor, zog mir die Stiefel aus und öffnete behutsam eine Bierdose. Ein genussvoller, geruhsamer Ansitz also, der vor mir lag, denn größere Bewegungen der Tierwelt erwartete ich nicht. Die Blattzeit war beendet, die Böcke damit faul und träge, und Sauen hatte ich seit geraumer Zeit nicht mehr gefährtet. Langsam sank die Sonnenscheibe gen Westen, doch die drückende Hitze des Tages wich nur allmählich. Leise flüsterte ein lauer Windhauch in den Blättern der Randbuchen, und träge floss das braune Wasser durch den tiefen Graben, der Wald und Klintwiesen voneinander trennte. Auch die Vogelwelt hielt sich zurück, und nur ab und zu raschelte eine Waldmaus durch das trockene Laub. So saß ich also, trank ab und zu einen Schluck Bier und träumte vor mich hin.

Unvermittelt schreckte mich ein sattes Planschen aus meiner Lethargie auf. Irgendetwas befand sich nur etwa zwanzig Meter vor mir am Graben und vergnügte sich mit einem kühlenden Bad. Da, wieder! Ein Platschen, gurgelndes Wasser, ein genussvolles inbrünstiges Stöhnen. Mein Gesicht brannte vor Aufregung, denn unmittelbar vor mir befand sich zweifelsfrei eine einzelne Sau, vielleicht sogar ein Keiler, denn von dem unbekümmerten Gequieke und Getobe etwaiger Frischlinge war nichts zu hören. Aufs Äußerste gespannt, versuchte ich das grüne, dichte Buschwerk vor mir mit den Augen zu durchdringen, jedoch vergebens. Immer wieder vernahm ich die Badegeräusche, doch von dem Verursacher war absolut nichts zu sehen.

So plötzlich die Geräusche das Ohr des lauernden Jägers trafen, so abrupt verstummten sie wieder. Fünf, zehn Minuten verstrichen, doch nichts rührte sich. Schon hielt ich diese spannende Episode für beendet, da bewegten sich an der den Klintwiesen zugewandten Grabenseite die hüfthohen Grashalme. Wenn die Sau die Richtung beibehielt, würde sie keine fünfzehn Meter vor mir vorbeiwechseln. Meine ganze Hoffnung galt einem zwei Meter breiten Streifen, dessen Grasbewuchs deutlich niedriger war. Auf diesen kurzen zwei Metern mussten sich Erkennung und die Entscheidung zum Schuss abspielen. Schon lag der Schaft der 9,3 in der Schulter, zeigte das Zielfernrohr auf den Rand der schmalen Schneise. Aus dem Augenwinkel heraus beobachtete ich die Marschrichtung der Sau. Kontinuierlich näherten sich die wackelnden Grashalme der anvisierten Schneise. Die Spannung erhöhte sich mit jedem Meter, den sich der Schwarzkittel der Freifläche näherte. Wild pochte mein Herz, das Gesicht glühte. Gleich war es so weit.

Doch als ob das Stück die tödliche Bedrohung ahnte, stoppte es knapp einen Meter davor, stand Sekunde um Sekunde wie erstarrt und ließ ein leises Schnauben hören. Mir standen die Schweißperlen auf der Stirn, und mit jeder Faser meines Körpers sehnte ich die endgültige Begegnung herbei. Dann endlich zog die Sau weiter, schob vorsichtig den Wurf aus dem hohen, schützenden Gras, verfiel sofort wieder in einen schärferen Trott, um das nächste Sicherheit bietende Grasmeer möglichst schnell wieder zu erreichen. Doch bereits als die Sau das massige Gebrech mit den langen, blitzenden Waffen aus dem Grasdschungel schob, war ich sicher. Vor mir wechselte ein alter, reifer Keiler auf seinen geheimnisvollen Pfaden, und nach aller Erfahrung würde er diese auch weiterhin entlangwandern, falls ich nicht schnellstens etwas dagegen unternahm. Der Wurf des groben Keilers berührte gerade wieder die ersten längeren Grashalme, da krümmte sich der Zeigefinger um den Abzug. Im Knall klappte der Keiler wie ein Taschenmesser zusammen und rührte keinen Lauf mehr.

Wohl zehn Minuten beobachtete ich das beschossene Stück mit schussbereiter Waffe aus der nicht unbegründeten Besorgnis heraus, der Keiler würde sich wieder aufnehmen. Doch nichts dergleichen geschah. Vorsichtig trat ich an den einsamen Wanderer heran, doch die Lichter waren bereits gebrochen, der Keiler verendet. Dass ich diesen Berg von Schwein nicht allein würde bergen können, war mir vom ersten Moment an klar, und so holte ich zunächst meinen Vater und Jagdfreund Achim zur Unterstützung heran. Achim hörte sich den Bericht an, betrachtete meine geschwollene, leicht bläuliche Stirn und fragte: »Sag mal, hast du den Keiler geschossen oder im Zweikampf niedergerungen?«

Lachend erzählte ich ihm die Vorgeschichte, während wir im Auto Richtung Wald fuhren. Nach einem kurzen

Moment der Bewunderung über das erlegte Stück begannen wir dann mit der Bergung des sechsjährigen Keilers. Ächzend und stöhnend zerrten wir die, wie sich später herausstellte, hundertfünfzehn Kilogramm Wildbret bis zum Wagen. Die neunzehn Zentimeter langen Gewaff an meiner Trophäenwand erinnern mich noch heute an diesen außergewöhnlichen Tag und die folgende, lange, durchfeuchtete Nacht.

Im Dezember desselben Jahres entdeckte ich bereits im ersten Schnee eine weitere grobe Fährte in der Nähe der Flaschenkanzel. Da die Kirrung seit längerem regelmäßig von einer starken Rotte mit mindestens drei älteren Bachen besucht wurde und sich die Rauschzeit auf dem Höhepunkt befand, lag es nahe, dass auch der Keiler irgendwann dort auftauchen würde. Auch die übrigen Vorzeichen wie Schnee, Wind und Mond standen günstig, sodass ich mich voller Erwartung und Vorfreude auf der Flaschenkanzel einrichtete. Ich kuschelte mich tief in meinen Lodenmantel und betrachtete zufrieden die vor mir liegende leichte Schneedecke, auf der kreuz und quer die Fährten von Sauen aller Gewichts- und Größenklassen von deren nächtlichem Treiben zeugten. Der halb gefüllte Mond blickte mich freundlich von einem sternenklaren Himmel an, und ein leiser, kaum fühlbarer Luftzug traf meine Stirn. Nur wenig später kündeten Ästeknacken und erste Grunzgeräusche das Nahen einer größeren Rotte. Der Geräuschpegel steigerte sich kontinuierlich, brach dann unversehens ab, und nach einem Moment der völligen Stille wuselten vor mir an die zwanzig Sauen und brachen nach den beliebten Maiskörnern. Leicht hätte ich nun einen der Frischlinge erlegen können, doch ich dachte an die starke Einzelfährte und schaute mir das bunte Treiben erst einmal in aller Ruhe an. Ein Stück nach dem anderen verließ die Kirrung und wechselte wieder in den Bestand. Nur eine einzelne stärkere Bache blieb zurück.

Schon bedauerte ich den unterlassenen Schuss, da löste sich, gewaltig wie ein Schlachtschiff, ein einzelnes Stück aus dem Dunkel der Fichten. Urgewaltig, mit Schaum vor dem Gebrech und mit den Waffen wetzend, trollte der Keiler auf die Bache zu. Diese sicherte aufmerksam zu ihrem aufdringlichen Verehrer hinüber, bewegte sich aber nicht von der Stelle. Hinter einer stärkeren Esche, unmittelbar neben der Bache, verhoffte der Keiler. Eine wahre Stampede trommelte er mit den Vorderläufen, während Schaum und Geifer wie Schneeflocken um ihn herumflogen. Fasziniert beobachtete ich dieses nie erlebte Geschehen durch das Zielfernrohr der eingestochenen 9,3. Denn trotz der Dramatik und Spannung der Situation war mir klar, dass der Spuk genauso schnell beendet sein würde, wie er begonnen hatte. Schließlich trat der Keiler zwei Schritte vor, zeigte damit das Blatt, und raus war der Schuss. Der Keiler bäumte sich auf, floh einen starken Eschenbaum an, dass es nur so krachte, prallte zurück, stürzte, nahm sich wieder auf, raste gegen den nächsten Baum, überschlug sich abermals, um dann kurz vor der Fichtendichtung verendet liegen zu bleiben.

Ich war tief beeindruckt, und ich fragte mich, ob es Recht gewesen war, dieses urgewaltige, urwüchsige Leben auszulöschen. Als ich jedoch zu dem sieben- bis achtjährigen Keiler trat, da jubelte ich über diese reife, nicht alltägliche Beute und das Glück, Jäger zu sein.

Drückjagdimpressionen

Ich sitze in der Küche und genehmige mir eine weitere Tasse Kaffee. Automatisch wandert mein Blick zur leise tickenden Küchenuhr. Es ist jetzt sieben Uhr, und um acht soll ich mich am Treffpunkt einfinden. Vor mir liegt meine erste Drückjagd in Mecklenburg-Vorpommern. Ungeduldig und ein wenig aufgeregt öffne ich die Haustür, blicke in den dunklen, klaren Himmel und atme die kalte, erfrischende Luft dieses Dezembermorgens mit tiefen Zügen ein. Stille herrscht ringsherum, kein Vogel kündigt den nahenden Morgen an, nur der Wind lässt die Zweige des großen Walnussbaumes leicht gegeneinander schlagen. Aus dem Stall klingt das knisternde Geräusch mahlender Rinderkiefer, die zufrieden ihre Heuration vertilgen. Unser Schäferhund Fiona steht schwanzwedelnd neben mir und blickt mich aus ihren großen, braunen Augen erwartungsvoll an, denn zweifelsohne spürt sie meine innere Spannung.

Behutsam streichle ich ihren Kopf. »Du musst heute zu Hause bleiben«, sage ich leise zu ihr, und als ob sie mich verstanden hätte, dreht sie sich um und trottet mit gesenktem Kopf zurück in die Küche. Ich folge ihr, werfe jedoch zwischendurch einen Blick ins Schlafzimmer. Meine Frau dreht sich leise brummend auf die andere Seite, um zumindest ein wenig von der entgangenen Nachtruhe nachzuholen, nachdem unsere kleine Annika sie die halbe Nacht mit ausdauerndem Babygebrüll erfolgreich wach gehalten hat. Leise und vorsichtig schließe ich die Tür.

»Hast du wirklich an alles gedacht?«, schießt es mir wieder durch den Kopf. Mit schnellen Schritten eile ich in den Vorraum, um wirklich ein allerletztes Mal die dort aufgetürmten Jagdutensilien kritisch auf Vollständigkeit zu prüfen. Gewehr, Fernglas, Jagdstuhl, Nicker liegen übersichtlich auf dem Tisch. Der Blick fällt auf die daneben platzierte Munition. Reicht es oder reicht es nicht? Vorsorglich füge ich noch fünf weitere Patronen hinzu, lege zwei davon wieder zurück in den Jagdschrank, weil es mir zu viel erscheint, und bin genauso klug wie vorher.

Halb acht Uhr zeigt die Küchenuhr unbeirrt an. Es wird langsam Zeit, sich in die grüne Montur zu stürzen. Schon stecken die Füße in den sorgsam geputzten und eingefetteten Pelzstiefeln, ich ziehe mir die Lodenjacke über und dann ab ins Auto. Verflixt, ich habe den Autoschlüssel auf dem Küchentisch liegen lassen! Also wieder zurück! Endlich habe ich mich und mein Zubehör verstaut, und es geht los Richtung Treffpunkt. Dieser liegt kaum fünf Fahrminuten entfernt am ehemaligen Restaurant »Waldschlösschen«. An der Durchgangsstraße zwischen Kirchdorf und Horst am Waldrand gelegen, macht das Gebäude zumindest dem ersten Teil seines viel verheißenden Namens alle Ehre. Am »Schlösschen« selbst jedoch hat der Zahn der Zeit so intensiv genagt, dass alle froh waren, als sich ein neuer Eigentümer der maroden Gemäuer annahm. Doch anstatt, wie von vielen erhofft und erwartet, eine grundlegende Sanierung durchzuführen, übertünchte der neue Schlossbesitzer seine zukünftige Residenz mit dem tiefsten Dunkelblau. Während das so verdüsterte Schlösschen tagsüber in beschaulicher Ruhe vor sich hindämmerte, erschallte in dunkler Nacht unwirklich klingende Szenemusik, und seltsame Gestalten hüpften schemenhaft um lodernde Lagerfeuer. Wen wundert es also, wenn im Dorf binnen kurzem vom Zweitwohnsitz des Grafen Dracula nebst Gefolge die Rede war.

Langsam lasse ich mein Auto bis zum schmalen Parkplatz vor dem düsteren Gebäude ausrollen. Im Zwielicht des anbrechenden Morgens erkenne ich einige grün bewandete Gestalten, die sich, die Hände nach vorn gestreckt, an einigen Lagerfeuern wärmen. Die Flammen knistern und lodern, die Luft riecht nach verbrannten Fichten und Harz. Obwohl ich bisher nur wenige der anwesenden Jäger kenne, werde ich überall freundschaftlich per Handschlag begrüßt. Schnell legt sich die eigene Aufregung. Angeregt wird über alle möglichen Themen diskutiert. Etwas abseits steht der Forstamtsleiter mit seinen Revierförstern, über eine große Revierkarte gebeugt. Er gibt letzte Instruktionen, bespricht nochmals den Ablauf der Treiben sowie die Position der einzelnen Stände. Ein kurzes, gegenseitiges Kopfnicken, und wir werden gebeten, Aufstellung zu nehmen. Es folgt eine kurze Einweisung über den Tagesablauf und das freigegebene Wild, die Jagdhörner blasen »Aufbruch zur Jagd«, und los geht sie, meine erste Drückjagd in Vorpommern. Mein erster Stand liegt an einem Holzabfuhrweg, der eine riesige Fichtenschonung von einem lückigen Eschen- und Birkenbestand trennt. Meine Standnachbarn winken mir zu, und ich wundere mich über ihre Bewaffnung, die aus einfachen, Brenneke-bestückten Doppelflinten besteht. Da fühle ich mich mit meinem Repetierer, Kaliber 9,3 x 62, doch wesentlich besser für die bevorstehenden Aufgaben gerüstet. Doch in dieser Beziehung sollte ich nur wenig später noch mein blaues Wunder erleben.

Erwartungsvolle Stille tritt ein. Ich lausche in das Dunkel der Fichten. Einige Tannenmeisen klettern neugierig vor mir in den Zweigen, äugen interessiert auf die grüne Gestalt mit dem mattschwarz schimmernden Stock in der Hand. Ein Eichelhäher streicht laut und empört rätschend über mich hinweg, weiter weg höre ich eine Amsel schimpfen. Eine unheilvolle Ahnung erfasst den Wald und seine Bewohner.

Plötzlich knackt in den Fichten ein Ast, fester umschließt meine Hand das Gewehr. Wie ein Blitz schießt ein kohlrabenschwarzer Überläufer aus den Fichten, dass es nur so knackt und prasselt. Genau zwischen mir und meinen Standnachbarn flüchtet die Sau in rasendem Tempo über den Weg. Noch ehe ich sie überhaupt ins Zielfernrohr bekomme, knallt es auch schon, und die Sau geht kopfüber.

»Donnerkeil, was kann der schießen«, denke ich beeindruckt und rufe ihm ein anerkennendes »Waidmannsheil« zu.

»Ja, ja, auch eine Doppelflinte kann den Schwarzkitteln das Fürchten lehren!«, ertönt es ausgelassen und ein wenig übermütig zurück.

»Wo er Recht hat, hat er Recht«, denke ich und lächle amüsiert in mich hinein. Doch aufgepasst! Wieder raschelt es in den Fichten hinter mir, wieder erhöhen sich Herzfrequenz und Pulsschlag, wieder steigt die Spannung und stellt sich die Frage, was das Dunkel der Dickung preisgeben wird. Langsam und neugierig schiebt sich ein schwarz-weißer Kopf zwischen den bis auf die Erde reichenden Zweigen der Randfichten hervor. Abrupt senken sich die Waffe und Adrenalinspiegel, denn ein Terrier ist es, der sich einen Überblick über den Stand der Dinge verschaffen will. Sekunden später bekommt er Wind von dem erlegten Überläufer, stürzt sich mit vor Wut verdrehten Augen auf den verhassten Widersacher und zerrt mit einem abgrundtiefen Grollen an der Schwarte. Wieder teilen sich die Fichten, ein Treiber erscheint und ruft mit kurzem Kommando seinen Hund zurück. Aus dem reißenden Raubtier wird sogleich wieder ein kleiner, fügsamer Hund, der mit freudig wackelnder Stummelrute wieder zu seinem Herrn zurückkehrt. Das erste Treiben ist vorbei.

Ziel der nächsten Jagd ist mein eigener Pirschbezirk, und ich beziehe Stellung an meiner geliebten Flaschenkanzel, der ich so viele jagdliche Erfolge und unzählige Stunden innerer Einkehr verdanke. Vor meinem geistigen Auge hebt sich der letzte Frühling wieder mit seinem zarten, frischen Grün und dem wieder erwachenden Leben. Ich sehe den Überläuferkeiler vor mir, der direkt unter der Flaschenkanzel mit solcher Inbrunst in dem warmen, weichen Waldboden brach, dass er meine Annäherung nicht bemerkte. Ich entdeckte ihn bereits auf etwa fünfzig Meter vom Waldweg aus, doch das hohe Gras sowie das ganze Gestrüpp ließen einen sicheren Schuss einfach nicht zu. Im Zeitlupentempo näherte ich mich Schritt für Schritt der Flaschenkanzel, beobachtete mein Gegenüber, während sich der Keiler genüsslich kauend und schmatzend mit seiner abendlichen Mahlzeit beschäftigte. Dann endlich erreichte ich den Hochstand, zog mich geräuschlos drei Sprossen an der Leiter empor und legte den Repetierer langsam an einem der Leiterholme an. Der Keiler pflügte indessen den Waldboden mit einer Leidenschaft um, die all seine Sinne gefangen nahm. Sein Pürzel sauste wie der Rotor eines Hubschraubers hektisch in alle Himmelrichtungen und klatschte dabei ab und zu auf das feiste Hinterteil. Immer weiter zögerte ich den Moment der Schussabgabe heraus, denn ich brachte es einfach nicht übers Herz, diesen idyllischen, friedlichen Moment durch eine Kugel jäh zu zerstören. Doch urplötzlich warf der Keiler auf, begann kurz, aber heftig zu blasen und trat unruhig hin und her. Damit verflog ebenso schlagartig der Zauber des Augenblicks, und der Zeigefinger der rechten Hand verstärkte den Druck auf den Abzug.

Leise Fieptöne holten mich in die Wirklichkeit des herbstlichen Drückjagdtages zurück, und aufmerksam blicke ich in die Runde. Langsam, aber stetig nähert sich das Fiepen, angstvoll und verlassen klingt es. Meine Augen bohren sich in den moorigen, verschilften Bestand vor mir, da zieht auf die kleine Freifläche ein einzelnes schwaches Kitz heraus, blickt sich suchend um, fiept wieder, dass es mir in den Ohren und in der Seele schmerzt. Ohne zu zögern, findet das Zielfernrohr sein Ziel, und im Knall wirft es das Kitz in das Gras.

Das Echo ist kaum verklungen, da fegt auf demselben Wechsel eine starke Rotte Sauen heran. Überall vor mir wuselt es dicht gedrängt, sodass sich keine Chance zum Schuss bietet. Da stoppt ein einzelner Frischling aus rasendem Lauf genau vor dem erlegten Kitz, während die übrige Rotte unbeeindruckt weiterflüchtet. Wie von selbst liegt der Schaft des Repetierers wieder in der Schulter, und bevor der Frischling seinem Familienclan folgen kann, liegt er schlegelnd neben dem Grund seines Zauderns.

Hell und klar klingt das Jagdhorn durch den spätherbstlichen Wald, meldet uns das Ende dieses Treibens und ruft uns zurück zum morgendlichen Treffpunkt. Wir erledigen die rote Arbeit, ziehen das erlegte Wild an den Waldrand und kehren zurück zum Waldschlösschen, wo die Gulaschkanone einen appetitanregenden Duft verströmt. Der Forstamtsleiter und die Revierförster gehen herum, nehmen die Streckenmeldungen entgegen und gleichen diese mit der Anzahl der abgegebenen Schüsse ab. Die Fehlschüsse werden intensiv hinterfragt, und die Hundeführer suchen dort vorsichtshalber nach möglichen Schusszeichen, doch glücklicherweise ergeben sich keine krank geschossenen Stücke und mögliche Nachsuchen. Wir stehen in kleinen Gruppen, löffeln die wärmende Gulaschsuppe und tauschen unsere Erlebnisse aus. Doch schon ertönt das Signal »Aufbruch zur Jagd«, und weiter geht es in den so genannten Dammbruch.

Dieses Waldstück von etwa zweihundert Hektar Größe liegt inmitten großer Ackerflächen weit abgelegen von etwaigen Dörfern. Hochwaldbestände aus Eichen und Buchen wechseln mit dicht bestockten Naturverjüngungen und weitläufigen Fichtenschonungen. Eine Vielzahl von Gräben und Bächen durchzieht den gesamten Bestand und sorgt im Sommer für das nötige Wasser und die Möglichkeit zum Suhlen. Daher fühlen sich Sauen und Rotwild im Dammbruch besonders wohl und sind mit entsprechenden Beständen vertreten. Auch sind zwei Dreierhirsche und Kahlwild zum Abschuss freigegeben, sodass sich zumindest bei mir eine gewisse Aufregung einschleicht.

Kurze Zeit später stehe ich vor einem tiefen Abzugsgraben, habe eine Fichtendickung im Rücken und eine Hochwaldparzelle mit kaum Unterwuchs vor mir. Erste

Schüsse hallen durch den Wald, hier und da ertönt der Hetzlaut der mitgeführten Terrier und Teckel. Viel zu weit entfernt flüchtet eine Überläuferrotte Richtung Dickung, Waffen heben sich, es blitzt und kracht, ein Überläufer sondert sich ab, bricht zusammen, kommt wieder auf die Läufe, um dann nach kurzer Flucht endgültig zu verenden.

Dann rollt eine schwarze Kugel unaufhaltsam in rasendem Lauf direkt auf mich zu. Bei genauem Hinsehen entpuppt sie sich als einzelner Überläufer, der allem Anschein nach nicht davon abzubringen ist, mich über den Haufen zu rennen. Keine fünf Meter entfernt erreicht er den Abzugsgraben, stoppt kurz vor diesem wohl unerwarteten Hindernis und lässt mir so die Zeit für einen schnell hingeworfenen Schuss. Kurz klagt der Überläufer auf, rutscht in den Graben und versucht den anderen Rand zu erreichen. Doch der Schuss sitzt im Leben, die Kräfte erlahmen, und verendet versinkt er im Wasser. Wie gebannt verfolge ich das Geschehen und zucke erschrocken zusammen, als plötzlich wie aus dem Boden geschossen ein gewaltiger Rothirsch auftaucht. Ein Achtzehnender auf der Höhe seiner Kraft flüchtet auf fast demselben Weg wie eben die Sau auf den Graben zu. Weit aufgerissen vor Entsetzen sind die Lichter, weit hängt der Waidlöffel heraus, und stoßweise geht der Atem vor Anstrengung. Auch der Hirsch stoppt kurz vor dem Graben – jede Einzelheit prägt sich unauslöschlich in mein Gedächtnis ein –, und mit einem gewaltigen Satz überflieht der Achtzehnender den Graben, um endgültig in den Fichten zu verschwinden.

»Jagd vorbei«, bläst das Jagdhorn, doch wie versteinert bleibe ich stehen, kann das Erlebte kaum fassen.

Im Schein der Fackeln legen wir Strecke: Ein Rotschmaltier, achtzehn Sauen und acht Stücke Rehwild fanden vor den Schützen ihr Ende. Am knisternden Lagerfeuer genieße ich den einen oder anderen Glühwein, überall ist leises Stimmengemurmel zu hören. Ab und zu erscheint hinter den hochschießenden Flammen und den sprühenden Funken ein Schatten, verliert sich wieder in der Dunkelheit. Alles wirkt gedämpft, fast unwirklich. Groß erscheint der runde Mond am Himmel, während ich mit dem Auto auf unseren Hof rolle. Ich setze mich unter den großen Walnussbaum, blicke fast andächtig auf das Spiel des Lichtes und der Schatten und danke für diesen Tag.

Abschied von Vorpommern

Nun stand es fest: Wir würden Vorpommern nach fünf ereignisreichen, ausgefüllten Jahren wieder verlassen. Schwer war diese Entscheidung gefallen, hatten wir doch viel Arbeit und noch mehr Herzblut in den Aufbau unseres kleinen Hofes investiert. Nun waren die Würfel gefallen. Ein Auge lachte, denn wir würden unseren alten Freundeskreis wieder sehen, näher heranrücken an die Familie. Das andere Auge weinte jedoch, denn wir ließen neu geknüpfte Bekanntschaften und herzensgute Nachbarn zurück. Und so schoben wir diese Nachricht, mit der keiner in Kirchdorf rechnete, immer wieder vor uns her. So oft ich nur konnte, wanderte ich in dem so lieb gewonnenen Revier hin und her, nahm still für mich Abschied von jeder Ecke und jedem

Winkel, saß Stunde um Stunde auf den Hochsitzen und Leitern und ließ all die jagdlichen Erlebnisse, all die Beobachtungen und Erfahrungen Revue passieren, um sie für die Zukunft aufzubewahren. Und so seltsam es klingen mag, diese letzten Monate erlebte ich intensiver als all die Jahre zuvor. Begierig nahm ich jedes Detail in mich auf, sog wie ein Schwamm die Eindrücke ein, um in meinen Gedanken und Erinnerungen so viel wie möglich aus Vorpommern mitzunehmen. Und es kam mir fast so vor, als wollte sich auch das Land von mir verabschieden auf seine direkte, ehrliche Art und Weise, denn es präsentierte mir die größten jagdlichen Überraschungen ganz zum Schluss.

Dabei begann die Geschichte bereits in den ersten Monaten meiner jagdlichen Aktivitäten in meinem Revier Segebodenhau: Ich saß an einem wunderschönen Abend im Mai auf der Leiter an den Klintwiesen an, als nur wenige Meter von mir entfernt ein starker Sechserbock an der Waldkante entlang wechselte. Jede Perle des Gehörns, jedes Haar konnte ich auf diese geringe Distanz mit bloßem Auge erkennen, und ich musste kein Prophet sein, um zu erkennen, dass dort ein gut veranlagter zweijähriger Bock seine Fährte zog.

Etwa achtzig Meter entfernt stand wie hingezaubert ein zweiter Bock auf der Wiese. Beide blickten sich sichtlich überrascht an, doch die Erstarrung währte nicht lange und wich auf beiden Seiten der Erkenntnis, einen ungeliebten Kontrahenten vor sich zu haben. Da jedoch keiner der beiden Streithähne gewillt war, freiwillig das Feld zu räumen, kam es, wie es kommen musste. Vor mir begann ein Showkampf allererster Güte, und ich saß, und das auch noch gebührenfrei, in der ersten Reihe. Die erste Runde wurde eröffnet durch grimmige Mienen, rollende Lichter, gesenkte Häupter sowie ständige Umkreisungen. Der Einzige, der sich durch die Drohgebärden ernsthaft beeindrucken ließ, war der Zuschauer, nämlich ich. Währenddessen läuteten die Rivalen bereits die nächste Runde ein: Beide standen sich, die Gehörne bedrohlich Richtung Gegner gerichtet, gegenüber und plätzten, dass Gras und Erde nur so flogen. Doch auch diese Eskalationsstufe brachte nicht den gewünschten Erfolg, denn keiner der beiden wich auch nur einen Schritt rückwärts. Also Ring frei zur entscheidenden Runde, schoss es mir durch den Kopf, und ich erwartete einen unerbittlichen Kampf mit den nadelspitzen Gehörnen. Doch weit gefehlt! Wie zwei kämpfende Pferde richteten die beiden sich auf den Hinterläufen auf und trommelten und droschen mit den Vorderläufen aufeinander ein.

So plötzlich die Auseinandersetzung begonnen hatte, so unvermittelt ließen die beiden Berserker wieder voneinander ab. Das Match endete mit einem Remis. Keiner der beiden retirierte fluchtartig in die Dickung, sondern beide begannen einträchtig nebeneinander zu äsen, ohne sich in irgendeiner Weise weiter zu beachten. Anscheinend hatten die beiden, für mich nicht erkennbar, ein Gentlemen's Agreement getroffen, denn sie verhielten sich wie zwei Catcher, die eben das für das Publikum vorgesehene Showprogramm absolviert haben und jetzt Arm in Arm Richtung Bierkneipe marschieren.

Wie dem auch sei. Auch ich hatte meine Zuschauerrolle genutzt und den zweiten Bock genauestens unter die Lupe genommen. Als Folge meiner Studien lag der Drilling bereits schussbereit über der Brüstung meiner

Ansitzleiter, denn das Tier präsentierte sich als mittelalter, jedoch unterdurchschnittlicher Abschussbock. Als ich ihm die Kugel antrug, setzte er in rasendem Lauf über den Graben, der Wiese und Wald trennte, und verschwand im Bestand. Dort fand ich ihn mit gutem Kammerschuss kurze Zeit später. Der junge Sechserbock hingegen zog, immer wieder unschlüssig verhoffend, langsam auf dem Weg, den er gekommen war, wieder zurück, als ob er sich über den überhasteten Abgang seines Sparringspartners wunderte. Die folgenden Jahre hielt ich immer wieder Ausschau nach diesem Zukunftsbock. Etliche Böcke streckte ich in dieser Zeit auf den Klintwiesen, diesen sah ich jedoch nicht wieder.

Irgendwann ging ich dann davon aus, dass dieser Bock, obwohl die Klintwiesen im Herzen meines Reviers lagen, von einem Reviernachbarn auf die Decke gelegt worden war. Die Jahre verstrichen, ich dachte gar nicht mehr an diesen Bock, und der Abschied von Vorpommern und dieser Jagd rückte mit Riesenschritten näher. Da besuchte uns mein Cousin Olaf, selbst passionierter Jäger, um mit uns über den Rücktransport des Hausstandes zu sprechen. Wir unternahmen an diesem Herbstabend einen bewaffneten Spaziergang, der uns unter anderem an den Klintwiesen vorbeiführte. Es herrschte eine gedrückte Stimmung, denn beide wussten wir, dass die Jagd in diesem wunderschönen Revier für mich bald unwiderruflich vorbei sein würde. Urplötzlich sprang laut schreckend ein starkes Stück Rehwild aus einem dicht bewachsenen Wassergraben heraus und verhoffte auf der offenen Wiese. Schon lag die 9,3 im Anschlag, und durch das achtfache Zielfernrohr erkannte ich, Irrtum ausgeschlossen, meinen alten, so lange als vermisst geltenden Bekannten. Der Bock stand halb spitz. Die Zeit, ihn korrekt breittreten zu lassen, blieb uns jedoch nicht, denn jeden Moment konnte er abspringen, und dann war er für mich unwiederbringlich verloren. Schnell legte ich den Repetierer auf Olafs Schulter, fasste den Bock kurz hinter dem Schulterblatt, und raus war der Schuss. Eine regelrechte Wolke von Schnitthaar wirbelte um den Bock, der im selben Moment wieder im hohen Gras des Grabens verschwand.

Wir sahen uns beide ein wenig verdutzt an, während immer noch einzelne Haare durch die Luft schwebten. Doch glücklicherweise handelte es sich nicht um den befürchteten Streifschuss, denn der Bock lag mit zertrümmertem Schulterblatt und zerschossenem Herzen verendet im Graben. Sechs Jahre zählte er, die starken, gut vereckten und reich geperlten Sechserstangen ragten handbreit über die Lauscher. Stille Freude und Dankbarkeit keimten in mir auf, aber auch Wehmut, denn ich fühlte es deutlich: Ein Kreis in meinem Jägerleben hatte sich soeben geschlossen, Vorpommern hatte mir ein einzigartiges Abschiedsgeschenk beschert.

Doch damit nicht genug. Im Dezember bestieg ich zum letzten Mal meine geliebte Flaschenkanzel – weniger um Strecke zu machen, denn die Sauen hielten sich ohnehin schüchtern zurück, sondern einfach um noch einmal in den Erinnerungen zu schwelgen. Dann traten, ich wagte meinen Augen nicht zu trauen, zwei Stücke Damwild vor mir aus. In einem Revier, in dem ich in den vergangenen fünf Jahren kein Damwild in Anblick bekommen hatte, zogen jetzt ein gut veranlagter Schmalspießer und ein Schmaltier vertraut um mich herum. Lange zögerte ich, doch dann siegte die Versuchung, die Jagd hier in Kirchdorf mit der Erlegung des Schmaltiers zu krönen. Der Schuss auf etwa dreißig Meter stellte keine herausragende Leistung dar, doch ich freute mich unsäglich. Damit war die Jagd in Vorpommern vorbei, endgültig vorbei.

Seit fast sieben Jahren leben wir jetzt bereits auf unserem kleinen Hof in Dosenbek. Noch immer bestimmen neben einem interessanten, abwechslungsreichen Beruf und einer großen, liebenswerten Familie die Jagd und die Landwirtschaft mein Leben. Wieder hatten wir das Glück, auf nette, hilfsbereite Nachbarn zu treffen. Wir fühlen uns daher pudelwohl in unserem kleinen Dorf. Häufig jedoch kehren die Gedanken und Erinnerungen zurück nach Vorpommern und die Jahre, die wir dort verbrachten. Auf Wiedersehen, Vorpommern! Wir danken dir für diese wunderschöne Zeit!